[글벗수필선 53] 원유권 첫 수필집

나락에서 건진 희망의 메시지

원 유 권 지음

도서출판 글벗

걸을 수만 있다면

걸을 수만 있다면 더 큰 복은 바라지 않겠습니다
누군가는 지금 그렇게 기도합니다.

설 수만 있다면 더 큰 복을 바라지 않겠습니다
누군가는 지금 그렇게 기도합니다

들을 수만 있다면 더 큰 복은 바라지 않겠습니다
누군가는 지금 그렇게 기도합니다

말할 수만 있다면 더 큰 복은 바라지 않겠습니다
누군가는 지금 그렇게 기도합니다

볼 수만 있다면 더 큰 복은 바라지 않겠습니다
누군가는 지금 그렇게 기도합니다

살 수만 있다면 더 큰 복은 바라지 않겠습니다
누군가는 지금 그렇게 기도합니다

놀랍게도 누군가의 간절한 소원을

나는 다 이루고 살았습니다
놀랍게도 누군가가 간절히 기다리는 기적이 내게는
날마다 일어나고 있습니다

　부자 되지 못해도 빼어난 외모 아니어도 지혜롭지 못
해도 내 삶에 날마다 감사하겠습니다

　날마다 누군가의 소원을 이루고 날마다 기적이 일어나
는 나의 하루를 나의 삶을 사랑하겠습니다

　사랑합니다. 내 삶, 내 인생,
나를 어떻게 해야 행복해지는지 고민하지 않겠습니다.
내가 얼마나 행복한 사람인지 날마다 깨닫겠습니다

　나의 하루는 기적입니다
난 행복한 사람입니다
　- 언더우드의 「기도 낙서장」 중에서

　이 글은 나의 근간이 되었습니다. 40세에 쓰러져 3개
월 이 지나던 어느 날, 나는 깊은 잠에서 깨어났습니다.
미국의 잭슨빌 메모리얼 병원이었습니다. 눈을 떴을 때
간호사가 보였고 나는 짐승처럼 소리를 울부짖고 있었
습니다.
　간호사가 놀라며 "Oh MY God"을 외치면서 뛰어가 의

사를 불러왔습니다. 나를 살피던 의사는 느리게 이렇게 말했습니다.

"당신은 절대로 일어설 수도 없고, 말을 할 수도 없고, 죽을 수도 있습니다."

나도 "Oh MY God"을 외쳤습니다. 그러나 나는 절대로 죽을 수가 없었습니다. 살려달라는 절규 같은 간절함으로 하나님을 찾았고 8년 동안의 천신만고 끝에 나는 오른쪽을 질질 끌망정 걸을 수 있게 되었습니다.

6년 전 무리해서 한국으로 나왔습니다. 여행자로 한국에 나와서 병원 검사를 했는데 의사 선생님이 나의 뇌 사진을 보며 의아해하시면서 말씀하셨습니다

뇌의 씨티 촬영으로는 당신은 지금 나와 이렇게 앉아서 대화할 수 없고 또 이렇게 움직일 수 없는 사람이라고 말하면서 내가 다시 의학 공부를 하게 되면 당신의 뇌에 관한 공부를 하고 싶다고 말했습니다.

그때 나는 깨달았습니다. 나의 나 된 것은 하나님의 은혜이로구나. 그리고 이제부터는 덤으로 사는 시간이구나. 나는 비가 오나, 눈이 오나, 추우나, 더우나, 새벽기도를 나갑니다. 나는 날마다 기적을 맛보며 살고 있었습니다.

사진을 찍고 시, 산문을 쓰고 책을 만들고자 합니다. 아름다운 시간을 여러분과 공유하려 합니다.

2024년 2월에

∥ 차 례 ∥

제5부 뜻밖의 선물

■ 서평

제1부
다시 자신에게 돌아오다

1. 어떤 생일 선물

입춘이 지난 어느 날, 간간이 그럴 때가 있어요. 이렇게 나의 집에 앉아 조용히 숨을 쉬고 내뱉으면 기분이 한결 가벼워지는 느낌이랄까? 또 봄기운이 찾아오면 더하고…. 아직도 내 고향 한국을 생각하고 있으니….

요즘 한국은 눈이 내리고 있는 관계로 더욱 그래요. 고향을 떠나 지낸 지 어느덧 15년이 흘렀습니다. 고단하고 한편으로는 즐거움, 한탄이 교차하는 시간이었는데….

세월! 지금도 가고 있어요. 나도 모르게. 나만 모르고 다 알지도 모르지요.

부엌에서 유권이가 아침 준비에 바쁘고, 성재와 서진이는 화장실에 들렀다가 학교에 갈 준비하고 …, 성재는 쉽게 준비하고 양치질, 얼굴, 스킨로션 바르고 땡! 서진이는 다하고 눈썹도 그리고, 머리도 만지고, 옷도 만지고, 그런데다가 저한테 뽀뽀도 하고….

"육십갑자 할 때까지 일을 해야지." 하면서도요. 나는 벌이도 시원찮고 호의호식도 못하고…. 내가 나한테 물으면 대답은요? 내가! 밥만 먹고 살 수 있나? 사람도 가고 있고, 정도 가고 있고, 또 교회도 가고 있으니….

참으로 편한 해석이지요? 지금은 언제나 하나님을 믿는 낙천적인 나입니다.

올해 겨울은 아주 온유한 겨울이었습니다.

또한 저희 집안에 들이닥친 사람들 때문에 아니었을까요? 한국에서 온, 다해가 와서 따뜻한 온기를 불어넣고 가고… 집안을 인테리어를 하라고 부모님이 샌프란시스코 가면서 가구와 그림을 떨어뜨리고 가시고…. 그 짐을 병수와 잔잔히 옮겨 주시기를 하나님이 말씀하시고….

당시 믿음이 다섯 살이었던 나는 아버지 품에 안겨 조용히 울고, 웃음을 만들었지요. 저는 하나님에 대한 믿음이 겨우 다섯 살입니다.

그 아버지의 품은 미국보다 컸습니다. "아버지 품을 나가야 하는데"하는 말이 아닌 믿음에서 커갈 수 있도록 기도하고 묵상하고 선을 행하겠습니다. 아멘.

내일은 마침 서연이 생일 앞두고 있었지요. 나는 핸드폰에서 찬송가가 가만히 들려옵니다. 찬송가 "이 산지를 내게 주소서."를 들으면서 나는 내일 이렇게 이야기해주려고 생각합니다.

케이크를 앞에 놓고 불을 끄고

"자, 우리 모두 기도하자. 내년에는 좀 더 크고 맛있는 아이스크림 케이크를 먹게 해주세요. 그리고 서연이에게 마음도, 핸드백 선물도, 해달라고. 기도하겠습니다."

얼마 전 내게도 그런 위기가 찾아왔습니다. 밥은 누구나 항상 먹는 밥이었습니다. 그럴 때마다 하나님께 기도하며

견딜 수 있도록 하루에 밥 세 끼를 3불에 해달라고 했던
그때를 생각하면 ….

일요일 집에 갈 때 밥하고 반찬을 성도님이 줄 때 '괜찮
아요.' 하면서 받아안고 갈 때 그래서 이 궁핍을 견딜 수
있었지요.

다시 현실로 돌아오면 만족할 줄 아는 낙천적인 성품이
힘겨울 길을 묵묵히 걸어갈 수 있도록 하나님!

저 앞에서 이끌어주시니 감사합니다. 아멘.

하나님이 저에게 주신 말씀이 좋아 드립니다.

2. 추석의 밤

　며칠 있으면 추석입니다. 나도 어릴 때 추석을 기다렸지요. 매일 매일 달을 보면서요. 추석빔도 찾아 입고, 추석 음식도 기다리고… 특히 부침개는 아직도 못 잊고 있습니다.

　호두는 어떻게 호두를 딱 반으로 까 있는지 지금도 미스터리…, 할머니가 '호두, 밤은 아직 먹지 마라' 하는 걸 귓전으로 듣고 혼나가면서 갈 때 두 개, 세 개, 올 때 또 두세 개.

　그때 내가 제일 싫어하는 것이 하나 있었어요. 밤을 까는 일이었습니다. 밤 까는 일은 여자가 하지 않고 꼭 남자의 일이니, 남자가 밤을 깎는 일을 합니다. 그때 저는 음식도 많이 있고, 과일도 많이 있는데 꼭 밤이 있어야 하나요?

　"추석 제사상에 꼭 밤을 올려야 해요?"

　칼질이 서툰 내가 까다가 불쑥 한마디 했어요. 아이들은 안 하는데 장손은 해야 한다고 할아버지께서 말씀이 있어서…. 밖에서 팽이치고 놀아야 하는 데 불만을 터트렸다. 애들이니까요.

　그때 할아버지가 나를 보면서 이렇게 말씀을 하셨다.

　"추석 차례상에 밤, 감, 대추는 꼭 올리는 거야. 감은 씨를 심으면 감나무가 나지 않고, 고욤나무가 자라. 고욤나무가 4년 정도 자라 나올 때 기존의 감나무 가지를 잘라 접해 줘야 비로소 감이 열리는 거란다." 하면서 할아버님이 말씀을 이어갑니다.

이것은 사람이 제 구실을 하려면 교육을 통해 사람이 되는 도리를 배워야 한다는 뜻이야. 밤은 땅속에 심으면 싹이 트고 열매가 열릴 때까지 결코 썩지 않는다. 사람도 밤처럼 자손이 여러 대를 지나도 자신의 근본을 잊지 말라는 뜻이 있단다. 마지막으로 대추는 한 나무에 수없이 많은 열매가 열리지. 꽃 하나에 반드시 하나의 열매가 열리니까 절대 헛꽃은 피지 않아. 사람도 대추처럼 자손을 많이 낳아야 한다는 뜻이란다. 그때의 추석이 생각나는군요.

사는 게 너무 바빠 서로 얼굴 한번 보기 힘든 가족, 친지들이 한자리에 모이는 날이야말로 추석이지 하면서 다가오는 추석이 내 마음을 풍요 속에 있게 합니다.

흩어져 살던 친척들이 모여 음식을 만들고 함께 했던 웃는 추석도 있었어요. 그때 밤을 까면서 투덜거리던 아이가 벌써 오십 줄….

미국에서 무슨 추석…. 이라고 생각하지 말아요. 추석의 아름다운 추억을 만들 수 있다는 걸(하사모 9월 18일 오후 11시에 추석맞이 파티가 있어요. 교회에서요)

추석에 가족이 모이지 못하면 지인들과 추석을 함께

하세요. 추석에 음식을 정성스럽게 만들고 기도로 마감
하면서 흥겹게 추석을 맞이하세요.

  살랑살랑 기분 좋은 가을바람이 추석을 안고 오네요.
하나님이 보내준 추석이라는 선물을⋯. 한가위를 ⋯.

  아멘.

3. 다시 자신에게 돌아오다

며칠째 비가 내립니다. 도토리 나뭇잎이 비에 젖습니다. 소나무 잎도 비에게 몸을 맡깁니다. 둘이 빗줄기를 맞으면 두런두런 이야기를 나눕니다. 평소 말이 없던 호후수이쪽에 서 있는 팝추리는 비바람이 불어오면 몸을 아래위로 흔들기도 하고 …. 옆에 있는 창문을 툭툭 치면서 뭔가 이야기하고 있지요. "비가 와요." 하면서 ….

오리는 찬비를 맞으면서 기분 좋게 호수 위로 떠 있고 하늘을 보면서 세수를 하지요. 입수 준비를 하지요. 저녁을 준비하고 있지요.

내일, 모레 제가 냉면을 준비할까 합니다. 냉면하니까 그 옛날 따뜻한 냉면이 생각나요. 저는 맛이 좋다고 하면 물어물어 소문의 진의를 풀려고 합니다. 요즘은 소문난 맛집이란 걸 하지요. 이화동에 맛있기로 소문난 냉면이 있다기에 똑같이 물어물어 같은데 아뿔싸 도착해 보니 유리창이 부서져 땅에 뒹굴고 벽에는 붉은 글씨가 뒹굴고 있으니 너무 당황스러웠다. 이 지역이 재개발 지역으로 묶여서 철거 중. 만약에 지금 인터넷이 발달하면 누구나 알 수 있었던 것을. 오래도록 사랑받던 냉면집이 사람들의 가슴에 추억거리를 가득 안겨줄 정겨운 집이 사라져버린 것이다. 나도 추억거리를 가져갈 수 있었을 것인데…. 보기에 쉴만한 다른 것도 없을 뿐 아니라 이 여름에 냉면집을 목표로 이곳까지 왔는데 뭐랄까? 허탈하기만 했습니다. 안되면 조금 멀지만 중화로 가서 탕수육을 먹을까? 중화류는 탕수육과 군만두로 만들지요. 일반 군만두보다 냉면인데.

그런데 부서진 냉면집 입구에 젊은이가 보였다. 플라스틱 의자에 앉은 젊은이가 책을 읽고 있었다. 궁금하기도 하고 근처에 사람도 없어서 말을 붙여 보았다.

금방 학생 되묻고 있었다.

혹시 냉면집을 찾아가세요? 냉면집 주인의 조카라고 소개한 학생이 냉면집을 찾아온 사람들에게 이전한 장소를 알려주었다.

나는 그때 종이 한 장 붙여주면 그만인 것을…. 학생이 일일이 가는 방법을 설명해주고 있었다. 그곳에 앉아 길을 일러주는 이유가 궁금해서 물었다.

저는 군대 가기 전 아르바이트 삼아 삼촌을 돕고 있다고 하면서 냉면집 주방장보다 더 중요한 일을 한다며 멋쩍게 웃었다. 그리고 삼촌이 한 분에게라도 꼭 잘 알려주라고 당부하셨다고 하면서.

디지털이 발달할수록 아날로그가 더 큰 감동을 주는 것은 왜 그럴까? 그 옛날 그곳에 앉아 있던 학생, 디지털을 핸드폰에 들어가지 않고 물어볼 때 그 느낌. 복음은 디지털이 아니고 아날로그가 묻어나오는 것입니다. 가끔은 디지털도 필요하지요.

학생의 친절한 안내로 이사 간 냉면집을 찾았다. 밝게 웃어주시는 어르신, 냉면 맛 등 처음 맛보는 냉면 한 그릇을 맛나게 먹으면서 저는 아주 따뜻한 냉면을 먹었다. 냉면 한 그릇은 시원하기 이를 데 없지만 목구멍을 지나면서부터는 따뜻한 마음으로 넘기는 맛…. 지금도 그 집 냉면을 생각하면 따뜻한 냉면이 생각난다. 우리 시온교회를 생각한다. 냉면처럼 시원하기 이를 데 없지만, 마음에 따뜻한 사랑이 품어나오는 교회이기를 …. 아멘.

4. 천천히

우리는 언성을 많이 높이면 나중엔 서로 무슨 얘기를 하는지도 알 수 없어져요. 조금이라도 지체하면 질 것처럼 쉴 새 없이 말이 오가죠. 많은 사람들은 목소리를 멈추지 않고 계속 겹쳐서 말하지요. 그리고 또 전화가 울리면 받을까 말까 망설이는 사이에도 벨 소리는 줄기차게 들리죠. 그럴 리도 없는데 점점 더 커지는 것 같아요.

시간은 이미 새벽이고 한 번만 더 울리면 받자. 그러다가 급한 연락일지라도 모른다는 생각이 들면 생각이 더 나쁜 쪽으로 이어지면 전화를 받지요. 한 번 한국에서 친구가 전화를 했다. 처음에는 반쯤 누워서 반가운 목소리를 듣고 똑바로 앉았어요. 사실 그렇게 먼 곳에서 온 전화는 가끔이지요. 전화비 때문에 한마디라도 아끼다가 언제 다시 목소리를 들을까 생각하면 뭐라고 한마디 덧붙이는 그런 전화이었어요.

처음에는 너무 오랜만이라 아니면 멀리 떨어져 있어서 대화가 어색한 줄 알았는데 몇 마디씩 오가고 나서야 왜 그런지 깨달았어요. 내가 내뱉은 말이 친구에게 전달되는 데 시간이 걸렸어요.

"거긴 지금 몇 시야?"라고 물으면 금방 대답이 나오지 않고 있다가 "이제 점심 먹었어. 그러고 보니 거긴 새벽이겠네?" 하는 식이었지요. 기다리기 힘들어서 보채는 말을 하면, 그 사이 친구의 대답이 들려오기 일쑤였어요. 그러면 순식간에 대화가 엉켜버리지요.

그런데 내 친구는 익숙한지 별로 불편한 기색이 아니었어요. 또 저는 하는 일 모두, 엉켜버려 말이 잘 안 나오니까 빨리빨리 해야 하지요. 그런데 나는 몇 마디 오가고 나서야 조금 익숙해졌어요. 아~, 그제야 내가 한 말을 친구가 어떻게 생각할지, 어떻게 대답하고, 다음에 어떤 질문을 할지 생각할 수 있었어요. 그러면 잠시 후 친구가 대답과 질문을 조곤조곤 늘어놓았어요. 그러니 대화 사이사이엔 아주 잠깐의 침묵이 흐르곤 했죠. 느린 대화였습니다.

늘 자동차나 버스로 다니던 길을 처음으로 천천히 걸어가는 기분이었습니다. 누구든 이렇게만 대화한다면 오해와 미움, 불신도 한풀 잦아들 것 같아요. 다시 얘기를 이어 나가려다가 말을 멈추고, 곧 상대방을 눈만 마주 보고 시간이 충분히 지났다고 생각할 즈음에 입을 열어요. 그때부터 우리도 모르게 사이사이에 침묵을 넣어 이야기할 수 있었습니다. 그러면 상대방도 더는 보채지 않고 그때부터 농도 짙은 대화가 시작됩니다.

가장 풍부한 의미를 담고 있는 말은 침묵입니다. 우리도 하나님의 말씀을 묵상하지요.

아주 잔잔하게 그리고 천천히.

5. 수산포가 내게 준 선물

드디어 여름이다. 여름은 산도 있고 바다도 있지만 그래도 바다가 우리를 부른다. 산은 서울도 있지만, 바다는 한참을 달려 나가야 바다가 우리를 맞이하고 있다는 사실.

나는 엄마와 아버지를 설득해야 한다. 바다는 나를 설득하고 임무 끝. 나는 엄마, 아버지를 무려 한나절 설득하고서야 바닷가를 걷는 상상을 할 수 있었다.

부모님은 자동차로 바다로 가시고, 나는 친구, 동네 형, 다른 동네 형과 여름 캠핑을 따라갔다. 바다가 손짓하는 수산포 해수욕장을 향해서 룰룰 랄라.

여기는 아현동, 우선 버스를 타고 서울역으로 서울역에서 288번, 78번 버스를 타고 서초동 고속버스터미널에 내려서 동부버스를 타고 강릉으로. 이때 한 형이 고속버스보다 시외버스가 재미있는데 잘하면 키타도 치고, 노래도 부를 수 있는데. 벌써 탔는데 형?

대관령 맨 꼭대기에서 한 번 더 쉬고 있을 때, 거기에는 감자를 삶아서 기름에 볶아서 파는 곳이 있었는데 문방구보다 감자가 따끈따끈하게 맛이 좋아서 하나 더 먹었다.

대관령에서 출발한 버스는 이쪽으로 한번, 저쪽으로

한번 춤을 추면서 내려갔는데 버스 안내양이 인사하면서 대관령 이야기를 해주는데 일어나지 말라고 당부의 말을 하는데 우측에는 큰 내가 있었고 아이들하고 아저씨들이 투망도 하고 수영도 하고.

드디어 강릉 도착, 강릉에서 시외버스를 타고 북으로 올라가고 있었다. 그때 시외버스는 비포장을 달려가고 있었는데 말을 해도 안 들리기 일쑤다. 그런데 남자 버스 차장이 말을 하면 귀에 들리니 참!

주문진 해수욕장에 거의 다 와서 우리가 도착하는 '수산포'가 내 눈에 들어왔다. 우리는 버스에서 내려 기지개를 한 번 펴고 있다가 나는 힘있게 외쳤다.

와! 바다다!

한 30분 정도 걸어가면 우리를 맞이하는 수산포 해수욕장이 나오니 거기가 한 주일을 거함이 모자란다.

더 가야 돼?
거기 해수욕장이 있기는 있어?
표시도 없고?
유권아!
정말 좋아?
나 빼고 점점 깊은 한숨이 이곳저곳에서 나온다.
대관령 내려올 때처럼 나는 알고 있지롱

그리고 수산포가 우리 앞에 서 있었다. 앞에서 뒤에서 탄성이 나오고 있었다. 동해의 절경이 눈앞에 있었고, 바다를 보니 바위와 또 바위가 어우러져 싸움하고 내가 멋지다고 하면서 넓은 백사장 중간중간 바다 사이에 문지기 하는 바위가 있으니 또 탄성이 나오고 있었다.

그리고 바다를 뒤로 하고 육지를 보면 왼쪽에는 해풍 소나무가 아름답게 펼쳐지고 왼쪽을 보면 백사장을 앞마당이라 하는 소박한 마을이 다 귀찮은 듯 하품하면서 하염없이 바다를 바라보고 있었다. 거기에는 아주 작은 해수욕장이 우리를 맞이하고 있었다. 해수욕장에 내 아버지는 사장님, 나는 왕자였습니다.

수산포에 시원한 바람이 불고 있고, 해가 뉘엿뉘엿 까맣게 물들어가면 동해바다는 언제 더웠냐? 하면서 늘 서늘했다.

그때 수산포에는 전기가 들어오는 집도 있었고, 아직 전기가 들어오지 못한 집도 드문드문 있었지만 참! 따사로운 행복함이 하루를 맞이하고 있었다.

둘째 날 새벽에 내 고함소리에 놀라 내 친구, 형들이 세수도 못 한 채 얼떨결에 밖으로 나왔다.

해돋이 보러 갈 사람! 나는 씩 웃었다. 좋아. 가자.

얼마나 올랐을까? 조그마한 공터가 나오고 그 아래는 아주 작은 절벽이 보이고 그 위에 서 있는데 누가 애기 안 해도 숨을 돌리며 주변을 두리번거렸다. 하나, 둘,

셋… 다섯 명이 그때서야 바다를 보았다.

한참 만에 바닷물에 희미한 빛이 흔들리고 있고, 갑자기 수평선에 호박 같은 태양이 쑥 보이면서 점점 해가 우리를 보고 있었다. 장관이었다. 감격에 겨운 목소리로 장엄한 해돋이를 보면서 불쑥 튀어나오는 말.

"멋있다."

열여섯밖에 안되는 서울 촌놈이 처음으로 수평선에 불쑥 오르는 태양, 해돋이를 바라보면서 가슴이 태양을 마주하는 느낌, 가슴 벅찬 순간이었다.

다른 형은 저 해돋이를 보라고 새벽에 여름 찬바람 속에서 고생을 시켰단 말이야. 별거 아니네.

해돋이를 생각나게 하는 것이 하나 있다. 의유당 관북 유람 일기가 생각난다.

홍색(紅色)이 거룩하여 붉은 기운이 하늘을 뛰놀더니, 이랑이 소리를 높이 하여 나를 불러,

"저기 물 밑을 보십시오"

외거늘 급히 눈을 들어보니, 물 밑 홍운(紅雲)을 헤치고 큰 실오라기 같은 줄이 붉기 더욱 기이하며, 기운이 진홍 같은 것이 차차 나 손바닥 나비 같은 것이 그믐 밤에 보는 숯불 빛 같더라. 차차 나오더니, 그 위로 작은 회오리밤 같은 것이 붉기 호박(琥珀) 구슬 같고, 맑고 통랑(通郎)하기는 호박보다 더 곱더라.

그 붉은 위로 훌훌 움직여 도는데, 처음 났던 붉은 기운이

백지 반 장 나비만큼 반듯이 비추며, 밤 걷던 기운이 해 되어 차차 커가며, 큰 쟁반만 하여 불긋불긋 번듯번듯 뛰놀며, 적색이 온 바다에 끼치며, 먼저 붉은 기운이 차차 가시며, 해 흔들며 뛰놀기를 더욱 자주 하며, 항아리 같고 독 같은 것이 좌우로 뛰놀며, 황홀이 번득여 양목(兩目)이 어질하며, 붉은 기운이 명랑하여 첫 홍색을 헤치고 천중(天中)에 쟁반 같은 것이 수레바퀴 같아서 물속으로서 치밀어 받치듯이 올라붙으며, 항아리, 독 같은 기운이 스러지고, 처음 붉어 겉을 비추던 것은 모여 소의 혀처럼 드리워 물속에 풍덩 빠지는 듯싶더라. 일색(日色)이 조요(照耀)하며 물결의 붉은 기운이 차차 가시며 일광이 청랑(晴朗)하니, 만고천하에 그런 장관은 대두(對頭)할 때 없을 듯하더라.

짐작에, 처음 백지 반 장만큼 붉은 기운은 그 속에서 해 장차 나려고 내비치어 그리 붉고, 그 회오리밤 같은 것은 짐짓 일색(日色)을 빠혀 내니 내비친 기운이 차차 가시며, 독 같고 항아리 같은 것은 일색이 모질게 고운 고로, 보는 사람의 안력(眼力)이 황홀하여 도무지 헛기운인 듯싶더라.

나중에 고등학교에 다닐 때 이 고전을 읽고 나는 이것을 마음으로 마주할 때가 있었는데 하면 웃었다.

열여섯 때 그 빛은 내 마음에 장엄한 형상을 새겨놓았다. 돌이켜 생각하면 나는 그날 해돋이보다 나에게 장엄한 그것보다 큰 느낌을 해주고 싶었던 같다. 아직까지 보고 있는 것 같다. 근데 하나님이 좋은 것을 어떻게 말씀하실까?

"하나님이 그 지으신 모든 것을 보시니 보시기에 심히 좋았더라"(창세기 1장 31절)

한 사람은 그 깊은 뜻을 알지 못하고 투덜거리며 어둡고 좁은 길을 걸어가고 있다. 나머지 사람은 아침의 길을 걸어가고 있느니….

알지요? 항상 지금 있는 그 자리가 인생의 전환점이라는 사실요? 우리에게는요. 알고 있는 나이가 있습니다. 그러나 나이는 그냥 나이도 있고, 수학 공식처럼 풀 수 없는, 풀 수 있는 나이도 있습니다. 그러나 한가지는 분명합니다. 미래는 갈 수 있는 현실입니다. 좋든 싫든요.

우리는 알지요. 그 미래가 그 모습이 보이지 않는다는 사실을 그래서 우리를 초조하게 만들지요. 그 미래는 하나님이 알고 있다는 사실은요. 하나님이 주신 걸음으로 가면 반드시 찾아오는 거니까요.

수산포의 한여름 낮. 바위 낚시하시는 사람에게는 미끼도 없이 낚시합니다. 바위에 있는 조개를 깨어 미끼를 씁니다.

물속에 들어가면 해초가 넘실넘실 춤을 추면서 생선의 보금자리를 만들어주고 물안경 없이 어른거리는 물속을 보았어요. 물안경 없이.

수산포는 파도가 잔잔하고 아침에 일어나면 안개가 피어오르고 저녁에는 포말이 들어오고 없어지고 ….

저는 열여섯 살 때 수산포 해돋이를 보았고 또 저는

그때 쓰러지는 때(2003.1.1.) 잭슨빌 바닷가에서 아들하고 해돋이를 보았고 내년에는 하나님하고 해돋이를 보고 있을 겁니다. 하나님이 주신 미래를 거기서 기도할 것입니다.

"하나님을 알게 하신 하나님께 깊이 엎드려 기도합니다. 무엇이든지 하나님이 원하시면 그대로 하게 하옵소서. 아멘."

거기 그때 수산포에 갈매기가 있었나? 없었나?

6. 정저지와(井底之蛙)와 하루살이

정저지와(井底之蛙)는 중국 고전에서 장자가 한 말입니다. 우물 안의 개구리라는 뜻으로 견식이 좁아서 저만 잘난 줄 아는 사람을 비유적으로 이르는 말입니다. 정와불가이어해(井蛙不可以於海)는 '우물 안 개구리에게는 바다를 말해 줄 수 없다.'는 뜻입니다. 내가 보는 세상이 가장 크고, 내가 알고 있는 세상이 가장 위대하고 내가 뛰고 있는 시간이 가장 빠르다고 생각하는 사람을 이르는 말입니다. 자신이 우물 속에서 보는 하늘이 전부라고 생각하는 사람에게는 진짜 하늘을 설명할 수 없다는 말입니다. 이 개구리는 자신이 살고 있는 우물이라는 공간에 갇혀 있기 때문입니다. 지성에서 영성으로 우물을 파는 사람은 한번 읽어보세요. 어려울 때일수록 내가 보는 하늘만 옳다고 생각하지 말고 다른 사람이 보는 하늘도 인정해 주는 여유로 또 다른 삶이 보여질 때 인간은 좁은 공간과 시간, 지식의 우물에서 나와 저 넓은 하늘도 바다도 만나야 합니다. 내가 중학교 다닐 적에 읽었던 산문일까? 동화책일까? 모르겠지만 생각나기에 이 이야기를 들려드립니다.

유충이 긴긴 시간을 지나 껍질을 헤집고 나와 하늘을

나는 하루살이가 되었지요. 그 옆에는 또 다른 배에서 태어난 하루살이 친구가 있었습니다.

* 하루살이2 : 야! 뭐하냐? 우리는 하루를 살다가 지워지는 하루살이다. 우리는 빨리 종족 번식을 해야 하는데….

* 하루살이1 : 그래? 그럼 어떻게 해야 하지?

서로 우왕좌왕하고 있을 때 하루살이1이 옆에서 새가 말하는 것을 들었다.

*새 : 야! 너는 바다가 뭔지 알아? 우리가 사는 동네보다 멋있다고 하는데 우리 바다에 가볼까?

*하루살이1: 무섭지도 않을까? 나도 몰라. 그래도 한번 가보자!

*새 : 어디로 가는데?

*하루살이1 : 동쪽이라는 이야기를 들었으니 동쪽으로 가면 될 거야.

*새 : 하루에 다녀올 수 있을 거야.

새들은 날아갔습니다. 하루살이는 갑자기 '바다'가 무엇인지? 보고 싶기도 하고 몹시 궁금해졌지요. 그래서 하루살이가 친구에게

* 하루살이1 : 야! 우리도 한번 바다로 가볼까?"

* 하루살이2 : "야! 인마! 우리는 하루살이야! 갈 수가 없어!"

가지 않으려니 바다가 더욱 궁금해졌습니다.

*하루살이1 : 그래. 우리 한번 해보자. 새도 가는데….
새들은 하루에 갔다 온다고 하니 우리도 한번 해보자!"

*하루살이2 : 야 인마. 새는 날개가 있지만 우리는 하
루살이야. 알아!

*하루살이1 : 그래도 한번 해보자. 가다가 죽으면 어
때, 어차피 죽을 인생 아니야. 친구 하루살이가 곰곰이
생각하다가

*하루살이2 : 그래. 가지 뭐. 동쪽이라고 새가 말했으
니 해가 뜨는 쪽으로 가면 되지.

하루살이는 동쪽으로 먼 여행을 가고 있었습니다. 반
나절쯤 지나서 새들이 다시 집으로 돌아가는 것을 보고
하루살이가 새에게 물었다.

*하루살이1 : 새님! 새님! 바다가 무척 멀어요? 그리
고 바다는 진짜 있어요?

새가 말했다.

*새1 : 너희들은 못 가? 그러나 바다는 정말 멋있대.
그렇게 큰물은 본 적이 없어. 한 번 보려고 했는데 너무
멀어서 그냥 다시 집으로 돌아가는 길이야!

또 다른 새가 말했다.

*새2 : 잘하면 갈 수 있을 거야. 내 깃속에 숨어. 그러
면 내가 조금만 데려다줄게. 깃털 속에 숨어서 잠시 날
아갔는데…. 하루살이야! 나도 집에 빨리 가야 하니까
여기서부터는 너희들 힘으로 날아가. 조심해!

하면서 새는 자기 집으로 날아갔다. 어둠이 다가오는데 하루살이들은 해가 뜨는 쪽으로 여행을 계속했다.

* 하루살이 1 : 우리는 아직 안 죽고 살아있네.

* 하루살이 2 : 진짜로? 하나님의 은혜지. 어차피 우리는 죽을 거야. 죽기 전에 빨리 가서 바다를 봐야지.

그늘에 잠시 쉬었다가 가고, 비 맞으면서도 가고, 어둠이 밀려와도 가고, 3~4일쯤 지날 무렵 몸은 지치고 죽을 날만 생각하고 있을 때….

"괜히 왔나 봐" 할 때쯤 나무를 흔드는 바람이 몰아치고 아무것도 없는 텅빈 공간이 하루살이를 맞이했다. 이것이 바단가? 하루살이가 아는 새보다 더 큰 새님에게 물었다.

* 하루살이1 : 새님! 여기가 바다인가요?

* 새님 :응! 그렇단다.

* 하루살이1 : 아! 바다로구나! 근사하다. 내 자식은 알까?

* 하루살이 1,2 : 바다다!

하면서 두 마리 하루살이가 꿈을 묻고 생을 마감했다. 두 마리 하루살이는 과연 행복했을까? 바다를 못 보고 죽어가는 생이 행복할까? 저는 하나님이 나에게 주신 생을 감사하게 받아드립니다.

하루살이는 초로 시간을 재고, 인간은 시간으로 재고, 하나님은 사랑하는 마음으로 재십니다. 아멘!

7. 소풍과 사이다

학교에서도 그리고 직장에서도 기다려지지요. 소풍을…. 학교 다닐 때는 본인이 먹고 마시는 것은 본인이 하고요. 직장에서는 일체를 회사에서 공급해준답니다. 아직 한국에서도 특히 직장에서 소풍을 가나요?

직장 소풍 가는 날, 직장 총무가 다 수령해서 준비하고 그 마지막에는 음료수는 무엇으로 할까요?

대부분은 "난 사이다." 그리고 …. 소풍이 다 끝나고 자리에서 일어나보니 식탁에 반쯤 마시다 둔 사이다 컵이 여럿이 있었는데…. 그뿐만 아니라 병뚜껑만 따고 그냥 둔 사이다병도 있었어요.

아까운 생각이 들어서 컵에 따라 한 모금 마셔 보았지요. 시원한 탄산수가 목구멍을 파고들어 짜릿한 기운이 느껴졌습니다.

"끄윽~"

트림과 함께 가스가 코를 톡 쏘며 지나갔다.

나의 어렸을 때가 생각이 났습니다. 나는 4형제의 장남이 나고요. 힘이 좋았어요. 힘이 아니라 부모를 내 편에 만들어주는 '힘'. 그때는 사이다가 두 가지 상표가 있었어요. 하나는 진짜 사이다. 하나는 상표가 없는 사이다. 구루마(마차)에서 나오는 사이다요. 설탕이 들어있는 음료수에 탄산소다가 들어있는, 잘 혼합되어 나오는 사이다, 콜라도 있었어요. 나오는 데는 두 개의 튜브가 있었지요. 설탕이 나오는 물과 탄산수가 나오는데 동네에 형이 어제 봤던 영화를 몸짓을 섞어가면서 재미있게 이야기를 했다. 형은 영화 속 주인공처럼 허리에 찬 권총을 뽑아 들다가 자기 목이 마른 지. "야! 가서 진짜 사이다 하나 사온나."하면서 돈을 주었습니다. 당시에는 사이다는 소풍을 가야만 맛볼 수 있는 귀한 음료수였지요. 왜 그때 당시 진짜 콜라는 왜 없었는지 모르겠어요. 투명하게 보이는 초록색 병 안에 있는 사이다. 알아요….

밤이 깊어 사이다병을 꺼내 들고 달빛에 비춰보면 정말 아름다운 초록빛깔 유리병…. 병뚜껑을 따고 한 모금 마시면 거품과 함께 달콤한 액체가 목구멍으로 넘어가는 그 신선한 느낌. 그 무엇과도 바꿀 수 없는 행복한 시간이었습니다. 혼자 먹는 게 더 맛있어요.

다른 길로 들어갔네요. 여기서 재미나는 일이 생겨났어요.

"사이다병 꼭 쥐고 떨어뜨리지 말라 알았지? 갔다 오면 형이 너는 심부름했으니 많이 준다."

"그런 실수를 하지 않도록 갔다 올게요. 형!"

사이다 한 병을 사서 들고 전속력으로 뛰어갔다. 빨리 가면, 형도 좋고 그놈을 빨리 먹어 좋고 Win Win이다.

팔월 무더위에 땀을 뻘뻘 흘리며 내 친구가 들어와 자

랑스럽게 사이다병을 내밀었다. 우리는 사이다병 하나를 사이에 두고 빙 둘러앉았다.

형이 병을 들고 병뚜껑을 열려고 했으니 병따개가 없었다. 나는 형한테 말했다.

"형! 태권도 관장님이 하는 걸 봤는데 나무 책상에 걸쳐 수도로 치면 됩니다요. 형!"

"형이 한 번 해보자"

하면서 책상에 대고 수도로 병뚜껑을 내리쳤는데 아뿔싸! 순간 하얀 거품이 끌어 올라가면서 물줄기가 천장까지 튀어 올랐다.

"너 뛰어왔지?"

"응"

"인마, 사이다 병들고 누가 뛰라 했나?"

"퍽"

우리가 보기에도 눈에서 불이 번쩍 났다. 내 친구는 잽싸게 일어나 도망쳤다. 형이 화가 나서

"거기 안 설래?"

그놈은 도망가고 우리는 사이다도 못 봤는데 또 한 친구는 입술을 대고 탁탁….

나중에 심부름한 친구가 말했다.

"사이다 병들고 뛰면 안 된다고 미리 알려주든지. 알려주지도 않고 패면 그건 아니지."

10월 13일 전 교인 야외예배에서는 사이다 한번 다

먹어볼까요?

우리 성경책은요. 인생이란 불충분한 전제로부터 충분한 결론을 이끌어가는 기술 책입니다. 더 어려운 일이 일어나도 성경에 다 있어요. 매일 성경 읽기. 아멘.

8. 나의 시골집 같은 잭슨빌

지금 우리는 잭슨빌에 살고 있어요. 잭슨빌 시온 침례 교회에 다니고 있어요. 우리 교회는 다섯 살입니다. 우리는 네 살때도 가고 이번에 다섯 살 때도 갔어요. 잭슨빌에 있는 하니팍이라고 하는 곳에 갔습니다. 우리 교회에서는 소풍이라 하지 않고 야외예배라고 그럽니다.

거기에 메이포드 길에서 한참 들어와서 오른쪽으로 꺾으면 아주 큰 마당이 나오고 왼쪽으로는 바다도 보입니다. 마당은 제법 큰 소나무가 길을 안내하고 도토리 마누라가 반갑게 맞이하지요. 중간중간 열대 나무는 바람을 마주하고 호수도 뽐내며 가을 잡아주면서 윙크하지요. 이 마당에서 성도님들이 잔치를 준비하고 있습니다. 잔치에는 먹는 것이 중요하다고 고기를 굽고 또한 축구를 먼저 할까? 피구는 언제 하지? 줄다리기는 맨 마지막에 해야지. 참! 보물찾기는 미리 안 보이는 곳에 숨겨야지. 우리는 이렇게 준비하고 있고…. 그 마당에는 아버지가 보면서 혼자 미소를 짓습니다. 다른 한편에서는 오랜만에 야외예배가 즐거워서 형형색색 옷이 너울거리고 성도님들이 인사하고 있습니다. 하지스, 베이메도우, 비치, 오렌지팍…. 그리고 래이시티, 모두 만나니 안부도 하고 인사가 왁자지껄…. 모두 다 모여 하나님께 기도하고, 목사님 설교도 하고, 이른 점심을 먹고 하니 낙원이 여기에 있네요.

큰 골로 보석을 주우려고 섰습니다. 앞서거니 뒤서거니 하다 보니 내 앞으로 모여 걷는데 이렇게 아름다울 수가…. 참 점심은 마당에서 먹었는데요. 아이들도 있고 청년도 보이고 성도님들이 맛나게 하는 도중에 하나님도 우리와 함께 점심을 들고 계셨어요. 디저트로 과일을 먹고요.

음식을 다 드시고 나서 성도님들이 운동을 시작, 축구를 좋아하는 성도님은 축구를 피구를 좋아하는 성도님들은 피구를, 닭싸움을 좋아하는 성도님은 마지막에는 줄다리기하면서 모두 한 마음이 되었습니다.

그전에 한마음으로 알려준 사진이 압권입니다.

"여기도 앉고요. 저기도 앉고요. 앞으로 뒤로 하면서 빨리빨리 오셔요." 하면서 "한국말 잘 못 해요" 하며….

사실 이번 야외예배는 마당에서 흥겹고 놀 수 있었고 이 세상에는 돈으로 살 수 없는 것이 많은데 그중에서도 올해가 가기 전에 하나님과 같이 한 소풍 야외예배가 있다는 것을 보았습니다. 어린이, 아이들, 청년 성도님 추억이 배어있는 야외예배를 소리 없이 기도하면서 마음을 모두 열고 주님께 올립니다.

우리는 지금 잭슨빌에 살고 있어요. 여기가 내겐 고향이 아니었지만, 우리에게 고향이고 하나님과 함께 뛰노는 집 잭슨빌입니다.

　이 잭슨빌은 이미 우리가 있는 집이며 이곳에 뿌리를 내리고 살아야 할 곳입니다. 거기에는 작은 시온교회가 있고요. 하나님이 계신 제일 큰 집입니다. 사람들이 비록 질그릇처럼 가난해도요. 참깨 같은 행복을 햇살에 터는 것을요. 하나님이 주셨기 때문입니다. 야외예배를 주신 하나님께 기뻐 기도합니다. 아멘.

9. 긴 겨울날도 좋아요

　사람에게는 몇 가지 마음에 있는 것이 있지요.
　"좌절 금지, 우는 것은 반칙, 깨어나지 않는 꿈은 없다. 절망 속에 기쁨은 찾아온다."
　나도 열 개도 넘을 직업을 거치며 부산스럽게 살아가는 동안 나에게도 찾아온 문구가 있습니다. 내가 인터넷에 올린 글도 있지요. 이렇다 할 교회 학력도 없고 지금도 이렇다 할 봉사도 없고…. 다른 것보다 쏟아져 들어오는 내 마음이 문제일 것 같으니….
　나는 글을 내가 제의를 해낼 만한 역량이 준비되지 않음이 문제인 것 같습니다. 나는 얼마 안 가서 나의 세상에서 잠식되어 나를 기억하는 사람들에게 알맹이 없는 조금 글을 옮긴 사람 정도…. 왜! 나는 이것밖에 안 될까? 왜 나는 더 열심히 하지 않은 사람일까? 나를 보곤 하루에도 몇 번씩 눈물이 쏟아졌어요. 나는 누구를 탓할 수도 없었다. 모두가 내가 태만한 결과였습니다. 하나님은 신앙도 나의 삶도 ….
　몇 해 전인가? TV에서 그 제목은 생각나지 않지만, 열심히 일하는 사람의 이야기였습니다. 밤에 편의점으로 먹을거리를 사러 들어오는 손님 중엔 택시 운전이나 대리운전하는 사람들이 많았습니다. 계산할 때 돈을 내미는 그들의 손을 보고 앵글을 잡아 그 사람의 손을 보여준다. 문득 여러 사람의 손에는 손가락이 서너 개 없는 사람을 보여준다. 뭐 때문에는 생각이 나지 않습니만, 몇 개 남지 않은 손가락으로 빵과 우유를 허겁지겁 먹고 손님을 태우려 뛰어나가는 아버지를 보면서 사회자가 그 멘토를 이야기합니다.

겨우 요만한 일에 우는 우리에게 부끄러워집니다. 한밤에 일당을 벌려고 달려가는 그분들에게는 늘 피곤해 보였지만 스스로 힘으로 좌절을 딛고 일어나는 중이었습니다.

여러분! 빨간 핏줄이 불거진 우리의 눈처럼 그들의 눈에도 더욱더 피로가 가득합니다. 그러나 어린 것들의 아버지인 그들이 빵을 씹어 삼키고 도로로 달려 나가는 모습을 절대로 기억하십시오.

나는 그 말이 생각납니다.

"우리는 좌절 금지를 다시 기억하시길 바랍니다."

지금 내 나이 오십 줄… 지금 나는 다시 한번 돌아본다. 준비가 덜 되었으면 어때? 지금부터 준비하면 되지. 일류가 안 되면 어때? 좌절하고 우는 것보다 낫지. 그래! 자신감 있게 사는 게 멋지잖아.

우는 것 반칙하면 하나님이 좋아하실 거야. 우리는 그리스도인들은 값싸게 이야기하네요. 내려놓으니 좋다고.

이렇게 이야기합니다. 그러나 하나님이 주신 짐도 있다는 사실을 이것이 나의 은혜인데요. 나의 하나님이 나에게 주신 은혜의 짐을 내려놓지 마십시오. 그분이 주신 짐을요. 아멘.

선물을 못 주는 사람이 하나님의 은혜 짐을 이야기합니다. 아멘

10. 15분 그 후에

　마음이 열린 사람은 껴안지 못할 현실은 없어요. 하나님이 우리에게 그런 뜻이지요. 한 권의 책이 나를 2014년을 생각하게 하는군요. 어떤 이야기? 주인공은 어려서부터 총명했습니다. 뛰어난 성적으로 박사과정을 수료하고 논문심사에서는 극찬을 받았습니다. 이제 학위만 받을 날짜만 기다리면 되는 상황입니다. 그의 앞날은 장밋빛 그 자체였습니다.

　그러던 어느 날, 그는 가슴에 심한 통증을 느꼈습니다. 정밀검사 결과 청천벽력과 같은 진단이 떨어졌습니다. '시한부 인생'이라는 것이었습니다. 사람은 누구나 다 시한부 인생인데…. 그것도 남은 시간이 단지 15분! 그는 망연자실했습니다. 이 모든 상황이 믿기지 않았습니다. 그렇게 5분이 지나갔습니다. 이제 남아있는 인생은 10분이었습니다. 이때 그가 누워있는 병실에 한 통의 전보가 날아들었습니다.

　"억만장자였던 당신 삼촌이 방금 돌아가셨습니다. 그의 재산을 상속할 사람이 당신뿐이니 속히 상속 절차를 밟아주십시오."

　그러나 죽음을 앞둔 그에게 재산은 아무 소용이 없었습니다. 그렇게 운명의 시간은 또다시 줄어들었다. 그때 또 하나의 전보가 도착했습니다. 당신의 박사논문이 올해의 최우수논문상을 받게 된 것을 알려드립니다.

"축하합니다."

이 축하 전보도 그에게는 아무 위안이 되지 않았습니다. 그리고 다시 절망에 빠진 그에게 또 하나의 전보가 날아들었습니다. 그토록 애타게 기다리던 여인으로부터 결혼 승낙 전보였습니다. 하지만 그 전보로 그의 시계를 멈추게 할 수 없었습니다. 마침내 15분이 다 지나고 그는 숨을 거두었습니다. 이 연극에서 한 인간의 삶을 15분이라는 짧은 시간에 응축시켜 보여줍니다. 청년의 삶은 우리 모두의 삶과 같습니다. 젊은 시절의 꿈을 좇아 정신없이 달리다 보면 어느새 머리카락이 희끗희끗해진다는 것…. 그리고 인생의 진정한 의미를 깨닫게 될 즈음이면 남은 시간이 별로 없다는 것을 발견하게 된다. 그때 가서 후회한들 아무 소용없다는 사실을 시간은 강물과 같아서 막을 수도 없고, 되돌릴 수도 없기 때문입니다.

그러나 이 물을 어떻게 흘려보내느냐에 따라 시간의 질량도 달라질 수도 있습니다.

"인간은 항상 시간이 모자란다고 불평하면서 마치 시간이 무한정 있는 것처럼 행동합니다." 정작 시간이 빠른 흐름이 새삼 느껴지면 참으로 두렵기까지 합니다. 지금, 이 시간도 2013년 12월 30일 03시 30분, 시간은 쉼 없이 흘러가고 다시는 돌아오지 않습니다.

성도 여러분! 시간을 매사에 머무는 법도 또 더디게 흘러가는 법도 없고 그렇다고 해서 시간을 저축하거나 남에게서 빌릴 수도 없는 것입니다. 누구나 다. 또 그렇다고 해서 시간이 우리에게 무한정 베풀어지는 것도 아니고…. 걸어야 고작 100년의 삶이 우리 인간이 살고 있는 것이다. 시간은요! 바로 우리의 생명입니다. 우리의 벗님들, 성도님들은 시간을 돌처럼 헛되이 버리시는 건 아니시겠지요. 우리의 인생길에 누군가 곁에 있다면 우리 마음은 풍성함 속에 언제나 행복하고 희망찬 나날이 될 것입니다.

한번 지나가는 인생길에 마음을 여시고요. 우리가 베풀어야 할 것은 다 베풀어 보세요. 베풀며 산다는 것이 곧 나의 기쁨이고 행복이라고 생각합니다.

"주는 것이 받는 것보다 복이 있다."(사도행전 20장 35절)

그래서 우리는 하나님의 자식이 된다고 선한 마음으로 취하고 있는 것입니다. 맞죠. 그러면 아멘!

다시오는 2014년에도 하나님의 자식이 되고요. 무엇보다 선한 마음을 갖고 임마누엘 하나님과 함께 살아가는 성도님들이 되시기를 바랍니다. 새해 복 많이 받으시고 하나님의 축복을 기원합니다. "그 후에…"는 성도님 다 아시죠.

제2부
사랑의 편지

1. 여름날 지렁이

배고픈 참에 뭘 먹지 하다가 누구나 사준 돼지고기가 있어서 허겁지겁 구워 먹다가 그만 불판에 팔을 데웠다. 나 아닌 서희가….

약국에 가서 연고와 붕대를 사서 임시방법을 하고 또 나는 아직 남아있는 고기를 먹고 상을 치우고 서희를 안았다. 그러나 덴 곳이 너무 아려 서희는 울고 있었다. 형광등 아래 비춰보니 팔뚝에 커다란 지렁이 한 마리가 흉물스럽게 붙어 있었습니다. 잠자리에 들어서도 이놈의 지렁이가 떠날 줄 모르고 서희를 못 살게 하고 있었습니다. 내가 보니 후끈거리고 따끔해 잠을 못 이루고 있었습니다. 울기도 하면서….

아내가 "서희가 아직 잠을 못 이루네. 내가 안아줄까?"

"아녀! 조금만 있으면 자겠지. 내가 할게."

나쁜 지렁이 한 마리가 붙어서 "그래." 하면서 돌아누워 토닥토닥하고 있었어요. 그때가 미국에서 한국으로 나갔지 6개월쯤 되고 있었지요. 나는 보석을 취급하는데 있었고, 애들 엄마는 피자집에 있었다. 보석 판매하는데 있으면 커미션으로 월급이 나오고 있어서 두 달 정도 있으면 되고 아직은 보조정도였다. 그대 영어가 되어서 보석을 취급하는 인도사람과 한국 사람의 통역으로만 월급을 받고 있었습니다. 그때 아이들 엄마가 내 몫까지 번다며 쉬운 회사를 마다하고 돈을 더 주는 곳으로 가서 일을 했습니다. 자정이 다 되어 퇴근한 아내의 몸에서 기름 냄새가 진동했어요. 나는 꼭 놀고먹는 것은 아닌데 나는 나를 못살게 했지요. 또 지금 하고 있으니…. 오늘 서희 지렁이가 있기 전에 말입니다. 그날 아내는 자꾸만 몸을 뒤척였습니다.

"뭐해? 잠은 안 자고."

"응, 지렁이 한 마리가 팔뚝에 붙었나 봐. 헤헤."

돌이켜 꼽다 보니 18년 정도 되나. 가만히 잠든 새벽에 서희도 잠들고 아내도 잠든 여름 말에 그녀는 이렇게 이야기하지요.

"나는 햇볕이 내리쬐는 한여름에 긴 팔의 옷을 입는다. 나는 지렁이가 징그러워서…. 시중에 유행하는 그날까지 긴 팔을 …. 지금 유행하고 있던데요."

그때 업어가도 모를 만큼 고단함에 빠진 아내의 팔은 창밖 희미한 등불 아래는 만져주는 지렁이가 하나, 둘, 세 마리…아내는 팔뚝에 커다란 지렁이를 키우고 있구나. 조금 전에 서희 때문에 힘들다고 하면서 조금 도와

주지 참으로 한심한 남편이다. 하며 여름밤을 지새우고 있었습니다.

그때의 목울음과 상념에 잠겨 잠못 드는 밤, 달빛도 안타까운지 나뭇가지 사이를 비껴 내 작은 침실 창문 틈새로 숨어보고 있다. 울컥 눈물 한 방울이 꼬물꼬물 기어드는 그 옛날 지렁이를 위해 '뚝'하고 떨어진다.

나는 노란 달빛까지 가세한 한 여름날 밤의 빛 아래에서 추억을 보고 있습니다. 그때 나는 기도했지요. 서희의 지렁이에게 떠나게 해주시기를 기도하고, 아내도 지렁이가 떠나게 해주시기를 기도하고, 매순간마다 나타나고 있네요. 역경은 고통스러울지라도 피어난 결과는 아름다우리라 '아멘'하고. ….

다음날 우리는 풍기로 휴가를 가고 있었지요.

2. 늦었지만 여행을

열심히 일한 당신, 예전에 많은 이의 가슴을 설레게 한 광고 카피입니다. 조금 늦었지만 이럴 때 잠시 여행을 떠나보면 어떨까요?

제주 바다는 모든 사람이 소망하는 여행지였었지요. 미국에 있는 우리에게는 더욱더 소망하는 여행지이니… 한국은 해외로 가고 우리는 한국으로 가고…. 저 멀리 수평선이 보이는 바닷가에 서면 철썩거리는 파도 소리가 가슴속 답답함을 씻어낼 것 같습니다. 고개 들고 하늘을 보면 뭉게구름이 솜사탕처럼 떠 있고 이럴 때 느끼는 해방감은 누구나 다 알지요.

우리는 여행을 꿈꾸면 살아가고 있어요. 그러면서도 이런 이유, 저런 이유에 발목을 잡혀 몸담은 현실을 떠나지 못합니다. 누구나 다 …. 떠나고 싶은데 떠나지 못하는 사람, 아니, 우리는 그저 답답하기만 합니다. 이럴 때는 과감히 털고 일어나야 합니다.

여행은 일상의 소중함을 깨닫기 위해 잠시 낯선 곳으로 떠나는 일종의 행위가 여행이라는 말씀…. 긴 여행도 좋고, 멀리 떠나는 여행도 좋고, 무조건 일어서서 나가는 것이 여행의 첫 발자국이지요. 자동차를 타고 멀리 떠나는 여행만이 진짜 여행은 아닙니다. 비행기를 타고 멀리 가는 것만 여행도 아닙니다. 배를 타고 크루즈 여행을 가는 것만이 여행은 아니지요. 배낭을 메고 운동화 신고 버스에 훌쩍 올라타 옆 동네로 가는 것도 여행이란 걸 왜 모를까요?

하나파크는 해변, 호수, 자전거… 그리고 물놀이, 낚시, 민물, 바닷물 모두 즐기는 것도 여행이지요. 모처럼 호기를 부려 비싼 티켓을 끊고 음악회에 가는 것도, 좋은 영화를 보러 가는 것도 여행이고, 박물관에 가서 옛그림을 만나는 것도 여행이라면 여행입니다. St.Augustine에 가면 옛날의 도시를 보고 성도 보고, 박물관도 관람하고 마차를 타고 흔들거리면서 바람을 맞이하고 저녁 만찬이 기다리고 있고, 아주 작고 멋있는 세월도 묻어나는 집, 그곳이 호텔, 아침에 일어나 테라스에 앉아 은은한 커피 하나 곁에 두고…. 하던 일을 잠시 멈추고 전혀 다른 상황 속에 자신을 데려가는 것이 모든 여행입니다. 내면으로의 여행도 있고요. 고요히 앉아 참된 나의 만나는 것도 여행입니다. 하나님을 만나는 것도 참된 여행입니다. 한 해의 절반을 너무도 쉽게 훌쩍 넘겼네요. 분주한 움직임을 멈추고 중간 점검할 시간이 되었군요. 지금까지 걸어온 길을 되돌아보고 갈 길을 생각하며 새롭게 다짐하는 것을 여행에서 만들어요. 그곳이 우리의 내면 여행입니다. 공간 이동보다 더 중요한 것이 내면으로의 여행이라는 말씀입니다. 우리 자신이 어느 지점에 서 있는지 매 순간 확인하고 나아갈 때 다른 세상으로의 여행도 두려움도 없이 떠날 수 있기 때문입니다.

이 여름, 행복한 여행을 떠나보세요. 하나님하고 같이 가요. 기도하고, 찬송을 부르고, '아멘'하고요. 아멘,

여행은 누군가가 한 곳이 아니라 스스로 무작정 끌리는 곳으로 향하는 것이다. 동적 여행도 내면 여행도 또 신앙 여행도 마찬가지다.

3. 사랑의 편지

우리 교회에 아이들 이름이 있는 편지 봉투를 보았습니다. 이게 뭐지? 편지가 있는 걸 보니 사랑의 편지가…. 이에 자세히 보니 출근부가 하면서 옛날이야기가 생각나네요.

미국에 있는 인디애나 폴리스의 한 초등학교 복도에 아주 독특한 게시판이 있었어요. 게시판에는 하트 모양의 종이가 빼곡히 꽂혔는데요. 학생들이 친구에게 전하고 싶은 말이 담겨 있었습니다. 이 이야기는 큰 감동이었기에 드리고 싶어 한 자 올립니다.

알코올 중독자인 아버지 때문에 벽장에 숨어지내던 라이언은 친구들과도 거리를 둔 탓에 늘 외로웠습니다. 그런데 어느 날 같은 반 네트가 점심시간에 혼자 밥 먹는 라이언을 보았는데 여기서 큰 감동이 시작됩니다. 네트는 그에게 다가가 같이 먹어도 되느냐고 물었고, 라이언은 깜짝 놀라더니 말없이 고개를 끄덕였습니다. 라이언은 그날 온종일 네트의 친절에 어떻게 감사할지 고민을 했습니다. 그러다가 복도에 있는 게시판을 발견했고, 라이언은 하트 모양으로 오린 종이에 두근거리는 마음으로 글을 썼어요.

"네트, 오늘 함께 점심 먹어줘서 고마워. 정말 즐거웠어. 라이언 고마웠어."

다음날, 라이언의 쪽지를 읽은 한 학생이 용기를 얻어 사이가 멀어진 친구에게 "미안해"라고 쓴 하트 모양 종이를 붙였습니다. 그러자 다른 학생도 말로 전하지 못한 사연들을 종이에 담아 하트 모양의 종이를 붙였습니다.

며칠이 지나자 수백 개의 하트가 게시판에 가득 메웠고, 학생들은 게시판을 이렇게 부르기 시작했어요.

"한 번의 사랑이 세상을 변화시킨다."

이것이 하나님의 말씀이 아닐까요···. 사랑이라는 예수님의 최고의 말씀은 '사랑'이었습니다. 아멘

가슴의 소리에 귀 기울이는 모진 훈련과 그 소리를 따르는 것이 바로 사랑입니다. 또 한 번 아멘.

우리도 한번 사랑의 게시판을 만들어 볼까요?

성도님들 ··· 아멘.

4. 예비하는 신앙

"그러므로 형제들아! 주의 강림하시기까지 길을 참으라 보라 농부가 땅에서 나는 귀한 열매를 바라고 길이 참아 이른 비와 늦은 비를 기다리나니"(야고보서 5장 7절)

"확실히 오실 주님을" 설교를 듣고 이글을 띄웁니다. 우리는 신앙을 재배하는 농부가 씨를 뿌린 후 열매를 맺기 위해 인내하면 노력하는 것과 같다고 보여줍니다.

"확실히 오실 주님을 예비하라." 반드시 오실 주님을 믿고 우리 모두 농부가 되었다는 것입니다. 즉 예수님의 부활을 믿고 주님이 재림을 믿는 것입니다.

풍성한 수확을 위해 김매기도 하고, 비료도 뿌려주고…. 비료와 김매기가 끝나면 그것이 다가 아닙니다.

우리는 계속해서 잡초를 뽑아주었어야 합니다. 신앙의 잡초는 무엇일까요? 되물어봅니다.

미움에 사로잡힌 사람의 영혼은 햇볕을 이기지 못하고 시들어 버립니다. 마음에 잡초가 무성해지면 하늘의 곡식이 시든다는 것을 반드시 알아야 합니다. 우리의 신앙에 미움이 들어 오지 않도록 예수님이 반드시 재림의 날이 오듯이 ….

좌절은 잡초라고 누구나 압니다. 불안과 공포는 형벌이 따르는 무서운 잡초입니다. 좌절은 긴 안목으로 바라보지 않고 짧은 안목으로 바라볼 때 다가오는 무서운 것입니다. 베드로가 예수님을 보고 믿음으로 바다 위로 걸었는데 바람과 파도를 들었을 때, 봤을 때, 예수님보다 두려움을 선택했을 때 베드로가 빠지지 않았음을 기억하시길 바랍니다. 우리도 매일 자기 자신을 조정해야 하기 때문에….

세상에는 바다가 있습니다. 바다를 건너가고 있습니다. 이 순간에 믿음은 작은 산마을을 건너가고 있고, 믿음이 사라지면 세상 바닷속으로 빠지는 것을 기억하시기를 바랍니다.

시온 침례교회는 성령님의 의지에 죄를 물리치고 의롭게 살아야 합니다. 우리 성도님의 하늘나라에는 풍성한 열매를 맺기 위해서는 말씀 공부를 하고 생명의 삶 (QT)를 비료처럼 하시기 바랍니다. 그리고 기도 찬양 예배의 몸을 공급해야 하고 회개로 병충해를 막아야 합니다. 성가대의 문이 항상 열려 있습니다. 문을 노크하면 됩니다.

미움과 불안, 좌절감, 유혹 …. 잡초를 김매기도 하고, 뽑고…. 인내하는 선한 농부처럼 신앙을 가지고 열심히 다할 때 풍요로운 신앙의 열매를 거둘 수 있다는 것입니다.

지금부터 더 많이 사랑합시다. 믿음인 갑옷을 입고, 사랑이라는 후배를 붙이고, 소망이라는 투구를 쓰고요. 돌아오는 일요일 날에 뵈어요. 아멘.

5. 사랑은 심는대요

예전에는 선원이 바람에 들려주는 이야기가 많았어요. 못다 한 사랑 이야기가 대부분이었습니다. 사랑은 사랑인데 계속해서 이루고 있는 사랑입니다. 예전에 읽었던 리더스 다이제스트를 읽으면서 가슴이 뭉클한 그 책이 노래를 만들고 있어요.

"사랑은 심는대요."

한 선원에게서 들은 이야기입니다. 그는 집에 있는 시간이 별로 없습니다. 늘 바다 위에서 생활하기 때문이지요. 뱃사람인 그는 한 번 배를 타면 거의 2년 동안 가족과 떨어져 지내고 있지요. 생사를 같이하면서 배와 함께. 그런 세월이 벌써 이십 년이 다 되었다고 기자는 묻고 그는 답하고 그러면서 이야기를 내몰고 갑니다. 그 선원은 세 아이의 아버지이지만 사실 아빠란 말도 몇 번 들어보지 못했어요. 아이들에게는 더 어렸을 적에는 아빠란 존재가 벽에 걸린 사진 속 인물로 각인 됐던 적이 더 많았습니다.

어느 날 오랜만에 집에 온 아빠를 바로 옆에 두고 엄마가 어린아이에게 "아빠 어디 있어?"하고 물었답니다. 그러자 대뜸 아이 손가락에 벽에 걸린 사진을 가리키더니 "아빠, 아빠" 환하게 웃습니다. 뽀뽀하면서….

"노아의 방주에 동물별로 딱 둘씩 탈 수 있거든. 6시까지 오는 것 잊지 마"

키 큰 펭귄들은 정신없이 짐을 챙기기 시작했다. 그러다 한 펭귄은 물었다.

"키 작은 펭귄은 어떻게 하지? 가방에 넣어서 몰래 데려가자구."

"너 미쳤어. 그러다 들키면 우리도 쫓겨날 거야. 그럼 펭귄은 전멸해."

큰 펭귄들이 마지막으로 키 작은 펭귄들을 보러 갔다. 우산을 들고 아까의 일을 반성하던 키 작은 펭귄이 키 큰 펭귄들을 보고 말했다.

"비가 많이 온다. 내 우산 밑으로 들어와요. 감기 걸려요."

키 큰 펭귄들 눈에 눈물이 고였다.

"너희 우는 거야?"

"아니 비 때문에 그래."

키 작은 펭귄이 이상하다고 말하는 찰나. 키 큰 펭귄들이 주먹을 쥐고 키 작은 펭귄의 머리를 내리쳤다. 그리고는 가방에 집어넣고 뚜껑을 간신히 닫았다. 두 펭귄이 커다란 가방을 들고 나타나자 비둘기가 화를 냈다.

"거북이도 너희보다 빨리 왔어. 그런데 그 가방에 뭐가 들었지?"

"공기밖에 없어."

"그런데 왜 이렇게 무거워?"

"공기가 무거워서 그래."

비둘기가 가방을 열어보라고 채근하는 순간, 번개가 내리쳤다. 비둘기가 외쳤다.

"대홍수다. 벌써 시작된 거야. 어서 배 안으로 들어가."

선실에 도착한 펭귄은 가방을 열고, 키 작은 펭귄에게 모든 사실을 말했다.

"내가 나비를 죽여서 불행이 닥친 거야."

키 작은 펭귄이 서럽게 울었다.

"나비는 날개가 조금 구겨진 채 날아갔다."

키 큰 펭귄이 거짓말로 키 작은 펭귄을 위로했다. 세 펭귄은 나란히 바닥에 누워 빗소리를 들었다.

"너희 아직 우리 집 안 잊어버렸지?"

키 작은 펭귄이 불쑥 물었다. 그곳에서 펭귄은 서로 꼭 붙어 다녔다. 키 작은 펭귄이 노래를 부르기 시작했다.

"뭘 해야 할지 모르면 눈을 감아보세요. 그리고 얼음을 그려보아요."

키 큰 펭귄들도 그리움에 젖어 함께 노래를 불렀다.

"왜 이렇게 소란을 피우니?"

비둘기가 문을 벌컥 열었다. 키 작은 펭귄이 급히 가방으로 들어갔다.

"조금 전에 펭귄이 세 마리 있지 않았나? 처음부터 수상했어."

가방을 열고 본 비둘기는 펭귄들이 저지른 것을 보고 하겠다고 윽박질렀다. 얼마 뒤, 비둘기가 "이제 비가 그쳤어. 일단 둘씩 짝을 이뤄나가야 해."하고 외쳤다.

"네 짝은 어디 있는데?"

키 작은 펭귄의 말에 비둘기는 외마디 비명을 질렀다.

"내 짝을 까맣게 잊었어?"

비둘기는 망연자실했다.

잠시 생각에 빠진 키 작은 펭귄이 말했다.

"비둘기는 한 마리가 부족하다고. 펭귄은 한 마리 남아."

노아의 방주 갑판, 먼저 펭귄 두 마리가 뒤뚱거리면서 갑판에 내려갔다.

"새로운 세계에 온 것을 환영한다."

"한 노인이 말했다. 너희가 마지막이지?"

펭귄들은 날개로 갑판을 가리켰다. 그곳에 비둘기 두 마리가 있었다. 한 마리는 하얗고, 통통했다. 다른 한 마리는 머리에서부터 발끝까지 하얀 천으로 감싸 몸이 전혀 안 보였다.

펭귄들은 설명했다.

"저 비둘기는 배에서 만나 사랑에 빠졌어요. 그래서 결혼했어요."

"잠깐!"

갑자기 노인이 소리쳤다. 깜짝 놀란 펭귄들과 비둘기는 모든 게 들통났다고 생각했다.

노인이 물었다.

"그런데 펭귄은 왜 배에 실었지? 수영할 수 있잖아."

"맞아. 우리 수영하지?"

펭귄들은 날개로 이마를 '탁' 쳤다. 노인이 방주 안으로 사라졌을 때 무엇이 허공을 휙 지나갔다.

"나비다! 혹시 내가 만난 그 나비인가?"

키 작은 펭귄이 물었다.

"맞아. 날개가 약간 구겨졌어."

키 큰 펭귄들은 서로 쳐다보고 한쪽 눈을 살짝 감았다 떴다.

시온 성도님! 하나님은 우리 시온 침례교회에 사랑이 있으면 이렇게도 역사하심을 확인할 수 있습니다. 펭귄과 노란 나비처럼요. 아멘.

"믿음의 기도는 병든 자를 구원하리니 주께서 저를 일으키시리라. 혹시 죄를 범하였을지라도 사하심을 얻으리라. 이러므로 너희 죄를 서로 고하며 병 낫기를 위하여 서로 기도하라. 외인의 간구는 역사하는 힘이 많으리라."(야고보서 5장 15절-16절)

창립 6주년을 시온교회의 영적 부흥을 놓고 기도하겠습니다. 아멘.

6. 29년 전 어느 날의 편지

마음의 벗에게

두 번째 편지를 쓰는군요. 이것은 편지라기보다는 당신의 삶이 조금은 더 값진 삶이 되기를 바라는 마음에서 쓰는 것이요. 그저 한편의 에세이를 읽는 마음으로 읽어주기를 바라오.

우리들이 세상을 살아나감에 적극적으로 참여하는 태도가 정립될 때 우리는 희망과 꿈을 가질 수 있다고 보고 있소. 참여가 없이 어떠한 성과를 거둘 수 없으며, 어떠한 결실을 맺기가 더더욱 어려울 것이오.

이 세상 모든 일이 시작이 있어야 끝이 있는 것 아니겠소. 시작이 없이 성과의 결실을 기대한다면 "창과 방패를 파는" 사람보다 더욱더 어리석은 사람이 아닐까 생각하오. 우리 속담에 "시작이 좋으면 반은 했다."라는 말이 있듯이 모든 것은 참여하는 데서 시작하는 데서 그것의 승패가 좌우된다고 생각하오.

그러면 우리는 어떠한 형식으로 참여를 할 것인가를 생각하게 되오. 여기서 우리는 적극적인 자세가 중요하다고 봅니다. 적극적인 자세가 없이 소극적인 자세로 어 떠한 일에 몰두한다면 그것은 아예 참여하지 아니한 것 만 못한 것 아니겠소. 그러나 적극적인 자세를 가졌으나 꾸준히 성실하게 정진하지 않는다면 그것 또한 마찬가 지 아니겠소.

옛 고사성어에 '용두사미(龍倪蛇尾)'라는 말이 있어요. 이처럼 꾸준한 성실성이 결여된 참여 자세 또한 배제하 여야 합니다. 그럼, 우리는 참여를 하여 어떠한 자세로 서 그것에 대한 성과를 거둘 것인가를 한 번 생각해 보 기로 한다.

요즈음, 우리 사회는 성실한 사람이 못 살고, 그렇지 못한 사람이 위에 오르는 모순을 많이 경험하게 됩니다. 그렇다고 우리가 후자를 동경하고 후자를 택하여 어떠 한 결실을 기대한다면 우리 사회는 점점 타락의 늪으로 빠져들고 만다는 것입니다.

옛이야기 중 이러한 이야기가 있습니다.

옛날 혀가 짧은 아버지가 있었다. 하루는 아들을 데리 고 산에 올라 달구경을 하였는데 이때 아버지는 휘영청 밝은 달을 보고 '아, 다이도 박다.(달도 밝다)' 하자 옆 에 있는 아들도 '아. 다이도 박다'라고 하자, 아버지가 니는 '다이도 박다.'라고 하지만 너는 '달도 밝다.'고 해라.

이 일화와 같이 우리는 잘못을 저지르는 일을 하면서 남에게 성실하게 잘하라는 말을 할 수 없는 것이다. 우리가 이러한 교훈을 되새기어 확실히 '달도 밝다'라고 말할 수 있을 때 우리의 사회 문화 의식이 높아져 조금은 더 밝고 활기찬 사회가 되지 않겠소.

이렇듯 우리의 주위 환경을 남이 이루어 주기를 바라는 것이 아니다. 내가 이루고, 가꾸고, 다듬어 나가야 할 것으로 생각합니다. 누구의 의지 없이 자기 자신 스스로 이렇듯 정진해 나간다면 우리의 사회, 우리의 미래에 꼭 좋은 성과를 맺을 수 있다고 확신하고 자신을 갖고 성실과 그리고 적극적인 태도가 필요하지 않겠소.

요즈음 우리는 일회용 시대에 살고 있습니다. 휴지, 일회용 컵 등…. 이루 헤아릴 수 없는 많은 일회용품을 별다른 생각 없이 소중한 줄 모르고 사용하고 있습니다. 하지만 그렇듯 사용하는 일회용 중에는 우리의 생명, 우리의 인생도 일회용이라고 생각하는 사람은 드뭅니다. 오늘이 지나면 우리 평생에 다시는 올 수 없는 날들이 아닐까? 얼마나 소중한 하루인가를 인식한다면 '우리가 이렇듯 무의미하게 하루를 보내고 있는가?'라고 반문하고 싶습니다.

이렇듯 시간이라는 시체가 쌓여서 과거라는 커다란 산

을 만드는 것입니다. 이때 우리가 이러한 과거라는 산을 되돌아볼 때 우리는 성실해질 수밖에 없습니다. 눈 앞에 펼쳐진 산이 어떠한 모습일까요? 순간순간에 성실의 꽃을 심고, 나무를 가꾸며 충실히 보냈다면 우리의 과거라는 사은 말할 수 없이 큰 산이 되어 있을 것입니다.

하지만, 낭비하고 헛되이 불성실하였다면, 이때 과거라는 산은 폐품 조각이나 가득 쌓여 있는 '쓰레기더미'가 펼쳐져 있을 것입니다. 과연, 우리 모두 이때 어떤 모습을 보기 원할까요? 한 번쯤은 생각해야 하지 않을까요? 그리고 만약 우리가 꽃을 심고 나무를 가꾸는데 그저 보기에만 좋게 하려고 성실성이 부족할 때, 그 꽃은 그 나무는 잠깐 아름다운 산일뿐 시간이 흐르면 꽃은 시들고, 나무는 죽습니다. 결국에는 시간의 차이뿐 역시 꽃과 나무의 시체들이 쌓인 황량한 과거의 산일 것이다.

그 선원, 아니 아빠는 사진이 자신의 빈자리를 대신했구나 싶어 마음이 아팠다고 하면서 이야기를 더욱 그림을 끼웁니다. 그 선원은 아이들의 아빠를 사진이 대신하지 못한다고 느낍니다. 아빠 역할을 해야겠다는 생각에 2년 분량의 선물과 편지를 마련해 정원에 숨겨 두었습니다. 아무도 모르게 아내도 모르게…. 그가 배를 타고 바다 위에서 일하다가 잠시 배가 어느 나라 항구에 정박하면 배에서 내려서 전화를 하러 갔습니다. 아내와 아이의 생일, 결혼기념일이 되면 그의 아내에게 선물이 있는 장소를 알려주었습니다. 편지도 함께 …. 그럴 때마다 가족은 아빠의 깜짝 선물을 무척이나 기뻐했고 아빠의 무사 귀환을 기도했지요. 하나님께.

"이 책이 나올 때 되면 저는 남태평양 안에 있구요. 지금도 여전히 그는 가족에게 보내줄 편지와 선물을 정원수의 울창한 가지에 숨겨 두거나, 또는 땅속에…. 차고에 숨어 기다리고 있겠지요."

하면 모두가 웃음을 띠웁니다. 그 덕분에 가족은 아빠와 남편이 항상 곁에 있다고 느끼고 있어요. 바다에 있는 선원도요.

가족이 말을 합니다. 아빠가 남태평양에 있다 해도 마음만은 늘 떡갈나무처럼 곁에 있다고 눈물을 감춥니다.

하나님은 왜 이 글이 생각나게 했을까요? 성도님들은 알지요. 그분의 사랑을요. 아멘.

7. 나는 내 생각만 한다

비 오는 날 발밑에 지렁이가 한 마리 보고, 오금이 저려올 정도로 놀랍니다. 지렁이는 제 갈 길을 갈 뿐인데 놀란 나는 그 길에 멈춰 섭니다. 그 길이 내 길만은 아닌데 나는 지렁이를 원망합니다.

맛있게 복숭아를 먹다가 애벌레를 씹었습니다. 으음~ 그저 제집에 있다가 운명을 달리하는 애벌레만큼이야 하겠습니까만…

나는 먹던 복숭아를 내 던지고 애벌레를 원망합니다.

오늘도 나는 발밑에 벌레들과 머리 위의 날 벌레들과 원망합니다. 나는 이렇게 날마다 내 생각만 하고 삽니다.

"하나님이 좋아하실까?"

8. SAM'S에 있는 코너

금요일 오후, 몸이 천근만근이지만 발걸음은 어느새 SAM'S으로 향한다. 팔기 위해 또 먹기 위해 들르기 위해서 갑니다. 진열장을 가득 메우기 위해서 쇼핑을 하고 약 2시간 정도 후~ 내 몸에 들어갈 시식 코너로 간다. 일주일에 금요일, 토요일만 하기 때문에 그렇다.

"자~ 몸에도 좋고, 맛도 좋은 음료 한 잔씩 들고 가세요? 아침에 든든히 채워줄 맛있는 크로샹트가 있으니 시식하세요. 아이들이 좋아하는 치즈롤이 있으니 먹고 가세요?"

음료를 따르면서 조심스럽게 노래를 흥얼거리고 아이들이 지나가면 빙그레 웃고 아이들한테 주면서 "맛있게 먹어요" 하고 웃는다.

이상하게 그 시식의 광경을 보면 거의 다 아주머니들 뿐이다. 시식은 조금씩만 주어서 안타깝게 만들고 있어 그것을 사도록 만들어주고 있다. 하지만 마음은 늘 서로 감사를 주고 있다. 저는 먹고 절대로 사지 않지만, 그 시장 같은 느낌이 있어 금요일은 꼭 와서 30분씩 빙빙 돌아다닌다.

할머니가 아낌없이 음료를 부어 드리고 땀으로 흥건히 젖은 아저씨에게도 얼음 하나에 음료를 부어서 건네신다. 특히 금요일은 쇼핑도 하지만 음식 시식에 참여할지도 모르지요.

내가 물었다.

"종일 서 있으면 힘들지 않으세요?" 하고 물으면

"힘들지요. 그래도 나눠주는 직업이잖아요. 그러니까 행복하지."

하면서 빙그레 미소를 띠웁니다. 더불어 한 번 더 음료수를 권한다.

"밖에는 많이 더워요. 하나 더 먹고 가요."

"아주머니 다음 주 금요일에 또 만나요."

아쉬움을 뒤로하고 손을 흔들고 내가 가려는데 그 아주머니가 쿠폰을 주시면서 이것은 그냥 주는 것이야 하면서 웃는다. 활짝~. 그때 나는 아주머니 덕분에 행복을 가득 안고 가지요.

우리는 지금 무엇을 갖고 있는 지요? 우선은요. 아침에 기도하세요. 점심에 기도하세요. 저녁에도 기도하세요. 그러면요. 하나님은 감사하는 자를 위하여 더욱 아름다운 기도의 말씀을 주십니다. 아멘.

9. 하나님 바람, 봄바람

모든 아픔과 무거운 가슴앓이마저
눈 녹듯 스르르 녹아내리게 만드는 그것

그분이 나를 부를 때 내가 그분을 마주할 때
내 가슴 속 깊이 피어오르는 따뜻한 온기입니다.

그분은 나를 마주 보는 하나님
나는 그분을 마주 보는 인간인 나

상처와 고집으로 얼룩진 내 시간으로부터
조금씩 틈을 보이며 멀어진다.
한없이 여유로워지는 시점에 편안함을 느끼고
그 순간순간에 그분이
내 가까이 와서 머무르고 있었다는 것을 깨닫습니다.

그분은 나를 평안케 하는 하나님
나는 하나님을 미소 짓게 하는 인간인 나

세상 그 무엇이 봄바람을 피할 수 있을까요?
세상 그 무엇이 하나님 바람을 피할 수 있을까요?

10. 그중에 제일은 사랑이라

길 위에서 우리의 삶을 읽어봅니다. 치열하게 사랑해야 합니다. 치열해야만 사랑의 바닥이 보입니다. 그 바닥을 보아야만 허망함 때문에 또 가치를 발견할 수 있습니다.

그것 때문에 세상에서 말하는 사랑과 성경, 즉, 하나님이 말씀하시는 사랑도 있습니다.

사랑은 가을에 있는 숲이고, 낙엽이며, 바람이고, 그 사랑의 신비를 탐색하는 모노드라마 같고, 내 몸에 수고하면 가슴에는 사랑의 기쁨이 이슬처럼 맺힙니다.

어두운 밤에 홀로 불을 켜본 사람은 알지요. 혼자라는 것을. 죽음보다 더 깊이 침묵하고 친해져야 하는 일….

벽도 보고 홀로 식은 밥을 먹어본 사람은 알지요. 설움 들키지 않게, 소리 내지 않고 밥을 삼키는 일….

애써 넘긴 눈물, 체할지도 모르니…. 낮엔 최대한 고단하게 새벽녘 잠을 깨지 않는 건 나를 보고 울지 않는 것만큼 힘든 걸…. 바람 불지 않아도 시린 가슴으로 삭풍이 드나들고 시도 때도 없이 비가 쏟아지지.

몸이 살아서, 몸만 살아서…

절벽 같은 암전을 견디는 일, 그 지독한 외로움에 때도 삭아 똑똑 부러지는 혼자라는 건….

퍼석거리는 모래사막의 천년 같은 하루를 그렇게 낙타처럼 터벅터벅 걷고 있는 길이지. 혼자라는 건…. 하지만 지금은 우리는 함께 걸어주는 그분이 조용히 사랑을 끌어안고 같이 걸어갑니다.

지금 우리 마음에 있는 그분의 말씀을 따라서 혼자, 아니 예수님과 같이 걸어가고 있습니다.

"주신 자도 여호와시오. 취하신 자도 여호와시다."
"나를 찾으면 나를 볼 것이니라. 그 안에 사랑도 있느니라."

그분의 뜻을 헤아려 기도합니다. 아멘.

제3부

하나님이
들려준 이야기

1. 풋풋한 사랑의 연애편지

첫사랑에 몸살을 앓던 열일곱 시절이 있었지요. 세상은 아침마다 새롭게 깨어났다. 지금도 말죽거리, 양재천, 뚝방 그리고 코스모스 …. 내 가슴 속에서 살아 움직였을 뿐…. 표현할 수 없는 사춘기의 고통도 있었지만 동시에 세계가 폭풍우처럼 내게 다가왔다. 그러나 그것들을 쉽게 끄집어낼 수 없었다. 언어들은 막막하게 머릿속에만 맴돌고 갖가지 형용사만 볼펜 끝에서 나타났다가 사라졌다. 추상화처럼 대상을 두고 나눈 사랑이 문학이 되기에는 너무 어설픈 시절 사춘기였었다. 지금도 어설픈 대화를 나눈다. 글로….

그러던 어느 날, 내 친구가 내게 부탁 하나를 던져주었다. 연애편지를 써달라는 최초의 원고청탁이었다. 교내 백일장에서 입선도 하고, 나라에서 하는 과거에도 입선하고, 아무튼 선인세로 자장면에 군만두 하나를 대접받는 터라 나는 본격적으로 긴 긴 밤 동안 친구 대신 첫사랑으로 몸부림쳤습니다.

"내가 외로워할 때는 내가 편지할 때입니다. 그대의 숨소리를 가까운 곳에서 듣고 싶습니다. 사랑은 마주 닿는 가슴입니다."

하는 은은한 구절이 그렇게 나오고, 사라지고 그 편지

를 받은 여학생이 감동에 젖었다는 소문이 퍼진 건 내 학교, 과외 친구, 동네 친구까지….

그때부터 나는 연애편지 대필자가 되고 동시에 철부지 사랑도 알게 되었습니다. 어떤 경우에는 넘어오지 않는 여학생을 대상으로 고군분투하고 어떤 경우는 이해하지 못해, 풀이해달라고 하고 …. 친구들이 카세트테이프를 내 서랍에 넣어주고 좋은 볼펜도 내 가방에도 넣어주고 …. 나는 밤이 깊도록 녀석들의 첫사랑 얘기를 들었다. 나는 첫사랑은 뒤로 하고….

어느 때는 불 켜진 창문 아래에서 긴 시간을 견디면서 또 울다, 웃다 보면 편지 한 통이 탄생하고…. 고백하자면 시집을 뒤적이며 얻은 표절도 있고, 다른 대사를 두고 행해진 재수록도 있고, 물론 나의 형식이 실험을 거쳐 나의 독특한 사랑의 글, 그중에서도 붓 세필로 도화지 전지를 조그만 글씨로 빼곡히 채운 편지 …. 그때 새로 나온 유성 펜으로 쓴 편지도 있었습니다.

아차! 덜 여문 것들의 풋풋한 첫사랑 이야기가 내 마음속에 온전히 들어와 있다는 걸, 깨달은 것은 시온교회 나눔터에 들어가고 나서였습니다. 하나도 아니고 수십 명을 아프게도 하고 웃음 짓게도 하는 아름다운 이야기였습니다.

나만 그럴까요? 첫사랑의 아픔은 그렇게 지나갔고 친구들은 내게 시의 언어를 주었습니다.

친구들은 잘 있지?

고맙다. 또 사랑도 고맙다. 하나님을 사랑합니다.

하나님은 언제나 나를, 우리를, 사랑으로 기다리고 또 기다리고 계십니다. 아멘.

2. 남의 말을 좋게 합시다.

다른 사람에 대한 좋은 것보다 좋지 않은 이야기를 하는 경우가 훨씬 많아요. 이럴 때 사람들의 태도는 세 가지로 나뉩니다.

첫째는 이야기를 앞장서서 시작하고 떠드는 사람, 둘째는 이런 말을 주도하지는 않지만, 그에 은근히 동조하는 사람, 셋째는 이런 비난에 전혀 동요하지 않는 사람

왜 사람들은 남에 관한 좋지 않은 이야기를 많이 하는 것일까요? 우선 시기심과 질투심이 큰 원인이 아닐까요. 이는 자기보다 우울한 면이 있는 다른 사람을 부러워하는 감정인데 질투심과 시기심은 차이가 있고 질투심은 남을 부러워하는 데 그칩니다. 하지만 시기심은 대상은 미워하고 해치고자 하는 악한 의도까지 품고 있습니다.

첫째 유형의 사람들을 관찰하면 자신이 불행하다고 느끼거나 열등감이 강해 시기심이 강하고, 질투심 또한 악한 의도는 없지만, 시기심과 마찬가지의 결과를 낳기도 하지요. 질투심 때문에 남의 험담을 한다는 사실을 스스로 깨닫지 못할 때도 있습니다.

편견도 중요한 원인이 됩니다. 인간은 자기중심적 존재로서 정도의 차이가 있을 뿐, 누구나 편견을 갖고 있습니다. 편견이 강한 사람은 어떤 점이 자기의 생각에

맞아떨어지면, 객관적인 증거가 없는데도 그대로 믿어버립니다. 이런 독단과 오해만큼 주위 사람들에게 상처를 주는 것이 없습니다. 남의 말을 하는 행위의 가장 흔한 원인은 무지와 부주의, 경박함입니다. 근거 없는 잡담, 농담으로 시작된 말이 경박함 속에서 엉뚱한 사실로 변해 한 사람을 힘들게 합니다. 한 번 입에서 나온 말은 공중에서 떠돌다가 스스로 불화살로 변해 상대방에게 꽂혀 견딜 수 없다. 별생각 없이 내뱉은 말이 다른 사람에게 치명적인 해를 준다면 이것은 분명히 악하고 무책임한 대개는 자신의 잘못을 깨닫지 못합니다. 이처럼 시기, 편견, 부주의, 경박함을 벗어난 사람만이 남의 말을 함부로 하는 잘못을 피할 수 있습니다.

인간이란 모두 같다는 것을 깊이 깨달은 겸손한 사람만이 이런 태도를 지닌다는 것을 알아야 합니다.

남의 잘못을 보고 자신도 역시 부족하면 약한 존재임을 아기에 그들을 비난하고 험담할 수 없는 것이다.

결국 남의 말을 함부로 하는 것은 이와 정반대로 최악의 말인 셈입니다. 말은 실질적인 힘이 있고, 한 번 나온 말은 결코 그냥 사라지지 않습니다. 나쁜 말을 하면 대상자는 물론 자기에게도 나쁜 영향을 미친다는 사실을 알아야 합니다.

"남의 말을 좋게 합시다." 라는 표어를 택했으면 좋겠습니다.

"친절한 말은 짧고 쉽게 할 수 있지만, 그 메아리는 끝없이 울려 퍼집니다."

하나님도 좋아하실 것 같죠?

3. 하나님이 들려준 이야기를

사람에 대해 늘 공부해야 하는 직업을 가져서 그런 걸까? 사람들 이야기 듣기를 즐긴다. 지난달 또는 지난해, 어제, 많은 이야기를 들었고, 이야기를 주었다. 알고 지내던 사람들이 들어준 것도 많지만 처음 만난 분들에게도 들은 이야기도 잊히지 않는다. 우연히 만난 어쩌면 다시 만나지 않을 사람이 들려준 이야기를…

첫 번째 만남

Baymeadowas에서의 짧은 만남, 버스를 내려서 그곳에 막 도착한 참이었다. 그곳에서 아파트로 가면 한 30분 정도의 걸으면 만날 수 있다. 아픈 다리를 이끌고 가는 중에 차 창문이 스르륵 열렸다. 미국 여자가 나를 불러 세웠다. 나는 길을 물어보느라고 차를 세웠겠지. 생각하면서…. 영어가 잘 안 되는데 하면서 그쪽을 바라보았다. "왜요?" 하면서.

그분은 나에게 물었다. "왜 다리가 그런가?"하고 "아프냐"고 물었다. 나는 차편을 해주려고 그러나 보다 생각하면서 ….

나는 스트록 때문에 그렇다고 했다. 그리고 한 6년쯤 된다고 부연 설명을 했다. 그 여자분이 내게 말을 했다.

본인은 전도사라고 설명하면서 다음 날 봉사를 떠난다고 이야기했다. 더불어 아침에 무엇인가 모르는 메시지를 받았다고 하면서 …. 누군가를 위해 기도를 하게 된다고 했는데…. 참된 기도를 했으면…. 아마도 기도할 수 있는 것이 당신에게 주라는 것 같습니다.

"제가 짧지만 기도하면 괜찮습니까? 당신은 그리스찬이십니까?"

"예. 감사합니다." 하고 그분이 저한테 기도하고…. 저는 듣고, 기도가 끝나고 그분이 하나님의 사랑이 당신에게 가득하기를 아멘,

3분에 일어난 일입니다. 길이 들려줄 하나님의 이야기들입니다.

두 번째 이야기

책을 사려고 Town Center에 가기 위해 운동화를 신고 집을 나섰다. 청바지를 입고, 파란색 운동화를 신고, 통풍이 잘되는 Town Center 약속 장소로 가는 동안에 휘파람도 불며 Town Center에서 책을 사고 시간이 많이 있어서 잡지도 보고, 쇼윈도에서 옷도 보고, 핸드백, 신발, 컴퓨터도 보고 있는데 시간을 보니 지금 가면 마침 받게 좋은 시간이었다.

버스에 올라타서 의자에 앉았는데 내 나이보다 많은 필립핀 아주머니가 내 곁에 와서 물었다. 왜 몸이 이렇

게 되었는지를 물었다. 나는 스토록 때문에 그렇게 되었다고 부연 설명을 했다. 그분은 고개를 흔들면서 약은 먹느냐고 묻는다. 나는 지금은 안 먹고 운동만 했다고 하면서 그분을 쳐다보았다. 그분은 꼭 Fish Oil는 먹으라고 하면서 "크리스천입니까?"하고 물어왔다. 나는 그래서 답햇다.

"예! Jacksonville Zion Korean Baptist Church에 가고 있습니다."

그분이 책을 한 권 주면서 그 책은 성경에 나오는 말씀의 책이었습니다. 그리고는 또 내게 물었습니다.

"당신을 위해 기도하면 괜찮겠습니까?"

나는 감사합니다. 그분에게도 나와 같은 친척이 있다고 하면서 기도를 했습니다.

나는 나도 모르게 눈물이 났습니다. 하나님이 매순간 일을 하고 있다는 것을 알려주었습니다. 길이 들려줄 하나님의 두 번째 이야기를 만났다.

부싯돌이 부딪친 짧은 만남은 나에게 삶의 또 다른 면을 슬며시 보여주었다.

누구를 위해 기도하고 있는가
사람들은 말을 좀 더 귀담아듣고 있는가?
이 모든 것을 기도하고 귀담아듣는 세상을 꿈꾼다.
이것이 주 예수의 사랑이 아닐까?

4. 사랑은

집을 나섰다. OVERLOOK 908. 2층에서 아래층으로 내려갔다. 바로 앞 내 눈에 펼쳐진 호수…. 호수에 눈인사 먼저하고 잔디를 밟는다. 기분이 좋다. 아사삭 아사삭 들려온다. 잔디 밟는 소리가. 하늘도 해맑고 내 안에 들어온다. 바람도 함께.

거기서 조금 걸으면 두 번째 호수가 나를 맞이한다. 낚시하지 말라고 하면서. 거기에는 분수가 같이 어울려 뽐내며 앉아 있다. 여름에는 시원한 물줄기가 뿜어 나오고 가을에는 채색된 낙엽 같은 물줄기가 나오고, 그 겨울, 을씨년스러운 물줄기가 혼자 나오고, 조금 있으면 봄의 희망찬 물줄기가 채비하고 있어요.

참 똑같은 호수, 분수인데 왜 틀릴까? 정문을 지납니다. 햇볕을 큰 나무를 보고 그 밑에 걷고 있으니 저절로 노래가 나옵니다.

"하나님에 마음을 경외하는 자, 하나님의 …"

어디서 들리는가? 주의 고운 음성, 가만히 눈감고 귀 기울이면 여기에도 호수가 나를 맞이하지요. "큰 분수가 있네" 하면서 여기 꽃도 있다고 하면서…. 이름 모를 꽃이 피어있고 활짝 웃으면서 아직 봉우리가 피어나지 못한 꽃이 샘나듯 앉아 있습니다.

어~, 첫 번째 빌라가 나를 맞이하고 있습니다. 또 호수가 나를 보고 먼저 웃고 있음은 내가 물을 좋아하기 때문일까? 호수가 지나면서 큰 제방 같은 둔덕이 나를 사랑한다고 하면서 흙, 나무들과 같이 둔덕을 만듭니다. 동산보다 조금 큰….

둔덕 있는 나무가 나는 개나리였으면 좋겠다 하면서 그 길을 노래와 함께 걸어가고 있는데 둔덕이 멀어지고 있는 순간, 길에는 나무와 숲이 나를 반기고…. 이름 없는 나무와 꽃들이 다시 한번 나를 취하게 하는군요.

특히 여기는 그늘이 아주 예뻐요. 꼭 희망을 가지고 가는 길이랄까?

벌써 두 번째 빌라가 나한테 손짓하고 있을 때 아파트가 나를 맞이하고 있네요. 어휴! 더워! 그늘도 없고 분수 나오는 호수도 없고 무척 덥다. 그래도요. 여기에는 작은 동산이 만들어져 있어서 구르고 싶은 동산이 있어요. 나는 안되지만 요. 띄엄띄엄 있는 작은 나무 거기부터 동산 너머에 있는 작은 집들이 아기자기하게 모여 있는 게 아주 예뻐요. 조금 가면 정문에 있는 동산 거기에 있는 갈대가 너무 멋져요. 저절로 미소가 나오고 있으니 그 나름대로 멋이 있군요.

세 번째 빌라를 멀리하고 가려 하니까. 참, 여기서 비오면 안 돼요. 비를 막아줄 그늘이 없어요. 다시 왼쪽에 숲이 있고 오른쪽에 가로수는 없고, 힘들지만 저기 구부

러진 곳을 지나면 탁 트인 네거리 신호등이 나옵니다. 거기 못 가서 아파트가 하나 있고 나는 거기에 있는 호수를 좋아합니다. 거기에는 악어가 있으니까요. 여기가 네 번째 빌라군요.

그 길을 걷다 보면 약국 하나가 있고 약국 앞에는 비디오 가게가 있습니다. 아참! 그 전에 병원이 하나 있습니다. 일차 목적지가 보입니다. 네거리 횡단보도를 두 번 건너야 합니다. 건널 때 아주 예쁜 말이 나옵니다.

"기다리십시오. 기다리십시오."

그런데 남자의 목소리는 왜 안 나올까요? 돈 받나 하면서 말이 안 되지.

횡단보도를 두 번 건너면 그 슈퍼가 나옵니다. 횡단보도 한 번 건너면 붕어빵 집이 있는데요. 거기에서는 아이스크림, 팥빙수도 있어서 여름도 겨울도 그만입니다. 아참! QUIZNOS도 있어요. 나는 햄을 좋아합니다.

한 번 더 횡단보도를 지나면 슈퍼가 있는데 슈퍼 안에 들어가 잠깐 더위를 식히고 나의 첫 번째 목적지로 갑니다. 버스 정류장, 버스가 오면 나는 내 차에 탑니다. 아무리 추워도 버스에 탑니다. 이 버스가 나의 목적지로 갈 수 있으니 내 걸음보다 …. 두 번째 목적지에 내려 또다시 걸음을 재촉합니다. 여기에는 첫 번째에는 소방서가 보이고 소방서를 패스하고 얼마 가면 멋있는 정원이 나타나고, 멋진 정원이 보이는 집을 보면서 참 넓다는 느낌이 들지요.

그런데 사람이 항상 없어서 그래서 담이 있나? 내가 좋아하는 농구장도 있네. 그다음 집도 정원이 멋있는데 그 집은 담이 없고 그 집을 보면 아주 편한 노을 같은 집 같아서 한참 넋 놓고 보다가 걸음을 옮깁니다. 걷는 순간부터 마음이 편안해지는 것은 무엇 때문일까요?

저 너머 신호등이 없는 사거리가 나올 때까지 묵상하면서 가면 그곳에 그 사거리에 내가 있습니다. 소방서에 있는 사거리에는 햇살이 들어올 틈이 없어요. 나무가 수비를 잘하고 있으므로…. 사거리에서 우측으로 돌아가면 내가 가고자 하는 목적지가 나옵니다. 앞으로 칠 분만 있으면….

다 왔네요. 잭슨빌 시온침례교회가 십자가가 나를 반기고 호수도 나를 반기고 그중에 하나님이 나를 인도하십니다. 그곳에 가서 편하니 기도를 합니다. 그러면 하나님이 ….

사랑아! 내게로 오는 길은 규칙이 없다. 또한 네게로 가는 길도 규칙이 없다.

5. 매일 만날 수 있어요

옛 성현은 오십을 가리켜서 '지천명(知天命)'이라 했습니다. 인생의 경륜이 쌓이고 사려와 판단이 성숙하다는 말이지요. 그러나 저는 마흔을 못하고 가서 십년을 역으로 살고 있습니다. 마흔을 가리켜서 '불혹(不惑)'이라 했습니다. 마흔에 이르면 세상에 흔들리지 않고 자신의 삶과 일상을 단단히 간수할 있다는 말입니다. 하지만 세상이 옛날과 달라져서일까요? 수많은 사십 대가 세상의 흐름 속에서 부유하고 있습니다. 주변을 보면 무엇보다 직업적 불안정 앞에 속수무책 흔들리는 경우가 많아요. 책임져야 할 무게가 큰 나이지만 일터에서 떠나야할 시간이 그리 멀지 않았다는 불안감에 사로잡히기 때문입니다.

그렇기에 오늘날의 사십 대에게 "불혹해야 할 나이"라는 성현의 가르침은 공허한 메아리로 들리기 쉽습니다. 그래서 그 어느 때보다 삼십 대가 더욱 중요한 시대가 되었어요. 삼십 대를 어떻게 맞이하고 보내느냐에 따라 사십 대의 삶이 달라지기 때문입니다. 삼십 대에 자신을 굳건하게 세운 이는 마흔에 이르러 세상에 미혹하지 않고 자신의 길을 걸어갈 수 있게 해줍니다.

삼십 대 후반에는 나도 지독하게 흔들렸어요. 마치 뒤

늦게 찾아온 사춘기를 겪듯 이러저러한 이유로 삶의 좌표를 놓고 몸살을 앓았어요. 귀걸이도 해보고 머리도 빡빡 밀어보고, 수염도 길러보고, 술에 절은 날도 많고, 밤 늦도록 거리를 배회한 시간도 짧지 않았어요.

일도 엄청나게 많이 했어요. 비즈니스가 2개, 직업도 2개…. 그런데 지나고 보니 삼십 대 후반에서 사십 대 초반에 겪은 미혹의 시간이 내게는 좋은 기회였어요. 병마와 씨름한 8년은 내려놓고요. 지표를 잃고 흔들리는 시간을 거친 뒤에야 더 이상 흔들리지 않을 삶의 주제를 찾았기 때문입니다. 신앙과 사람이 그것입니다.

신앙과 사람을 통해 삶의 가르침을 배웠고, 그 가르침을 세상과 나누며 사는 삶이 평생을 바칠 주제라는 것을 깨달았을 것입니다.

떠도는 것처럼 보이는 바람에도 길이 있듯이 신앙에도 길이 있어요.

첫째, 빠른 것보다는 느린 것, 매일 성경 한 구절 읽어요.

둘째, 쉽게 변하는 것보다 변하지 않는 것, 매일 기도해요.

셋째, 눈에 보이는 것보다 보이지 않는 것, 매일 사랑하기

넷째, 나의 자유를 제안하지 않는 것, 나를 내려놓아요.

마지막으로, 나와 세상을 더불어 복 되게 할 수 있는

것, 항상 하나님을 향해 기도하세요.

우주와 자연의 법칙이 그렇듯 우리의 삶도 미세한 흔들림을 거쳐 평형을 이룬다는 말씀처럼 흔들리는 것을 두려워하지 말아요.

삼십 대 후반에서 사십 대 초반에 흔들림을 통해 평생을 바칠 주제를 발견하면, 마흔에 불혹을 만나기 쉬울 것이다. 하나님이 그 안에 항상 있습니다. 지천명, 이순, 환갑, 진갑, 칠순, 고희, 희수, 팔순, 미수, 망백, 졸수, 백수, 상수

6. 노력하지 않을 자유도 있습니다

"그렇게 열심히 사는 동안 당신은 행복했어요."

무리하지 마. 이와 같은 질문에 자신있게 "Yes"라고 대답하지 못하고 우리들은 항변할 것이다. 세상에는요. 온통 "최선을 다해. 포기하지 마."라는 말뿐, 너무 열심히 살지 말라는 말은 없었어요. 지금도요. 그런 말들이 약인 줄 알았지. 독인 줄은 몰랐던 것은 비단 우리들의 실수가 아닐 터. 왜 몰랐을까? 우리가 지쳐 있을 때 진정 듣고 싶은 말은 "조금만 더 힘내."가 아니라 "지금 이대로 괜찮아!"입니다. 우리 인생의 목표는 성공이 아닌 '행복'이기에.

때론 포기도 필요합니다. 무슨 일이 실패했거나 포기해야 하는 상황에서 완벽주의자들은 좌절감을 견디지 못합니다. 하지만 그 일이 끝장났다고 해서 우리 삶까지 끝나는 것 아닙니다. 일이나 나의 작품을 우리 자신과 동일시하지 마십시오. 또한 포기하는 순간이야말로 새로운 도전의 시작, "내 사전에 포기란 없다."고 말하는 사람들 알고 계시죠. 그러면 또 다른 시작도 없다는 사실을 ….

슬플 때 울어야 해요. 진정한 슬픔은 정말로 좋아하는 것이 지금도 존재한다는 사실을 가르쳐 줍니다. 울고 싶을 때는 울고요. 힘들 때는 힘들다고 말해요. 꼭. 사람의 기분은 파도와 같아서 우울한 기분에 휩쓸리는 듯한 느낌이 들 때도 있는데 이럴 때는 저항하는 것보다 밀려오는 파도에 몸을 맡기는 것이 오히려 나요. 어쩔 수 없는 일에 연연하지 말고 또 다른 것이 얼마나 많은지요. 적당히 하라고 하면 완벽주의자인 사람들은 적당이란 말에 화부터 낼지 모릅니다. 하지만 '적당'은 대충하거나 '무책임'하라는 의미가 아닙니다. '적당하다'의 사전적 의미는 "정도에 알맞고 엇비슷하게 요령이 있다."라는 것을 모르지요. 좋은 의미로 적당의 감각을 기억해 두면 쓸 때가 있습니다. 계속 전력 질주만 한다면 언젠가는 숨이 차서 한 발자국도 앞으로 나가지 못하는 경우가 오기 마련입니다. 인생은 길다. 그러므로 장거리 선수가 되어야 할 것입니다.

우리는 노력하기 위해 살아있는 것이 아닙니다. 마음 편해 살다 보면 노력도 하고 싶어지는 법 아닐까요. 쉽게 생각하기는 게으름이 아닌 행복의 다른 말이 아닐까요. 열심히 사는 것은 좋아요. 물론 …. 하지만 우리에게 노력할 자유가 있듯이 때때로 노력하지 않을 자유도 있음을 기억한다면 마음의 여유 속에 '행복'은 덤으로 얻을 것이기 때문에. 매일 기도하면요. 더 많이 줘요. 하나님이. 적당하게 일하고 좀 더 느긋하게 쉬어라. 현명한 사람은 인생을 느긋하게 보냄으로써 진정한 행복을 누린다는 사실 시간 좋으면 성경도 읽어보세요.

7. 속앓이

나는 일주일에 네 번 정도 집에서 버스 정류장으로 여행을 떠납니다. 걷기 좋게 잘 다듬어진 같은 두 사람이 지나가도 부딪치지 않을 만한 넓이이지만 저는 앞에서 달려오는 사람이 있으면 비켜주면 인사를 건네지요.

상대방도 인사를 마주 건네면 기분이 참 좋아요. 누군가 저만치 활갯짓 하며 걸어옵니다. 마치 비키라는 것 같다. 그러면 늘 하는 대로 하면 되는데 갑자기!

어떻게 할까? 비켜줘. 자기가 비키면 안 되나? 소리 없는 적개심이 생겨난다. 상대도 그런 게 느껴질 것이다. 멈칫멈칫하면서 …. 상대가 코앞에까지 오면 그때 나는 슬쩍 비켜서면 말해요. Hi, 웃으면서. 혀를 찔린 상대방은 Hi하면서 비슷하게 활짝 웃어준다. 확인할 수는 없지만, 그 사람의 뒷모습을 보면서 경계심을 허물고 있는 듯하다. 나도 정말 기분이 좋다. 다시 마주칠 때마다 똑같이 길을 비켜준다.

그러나 대로에 자전거 타는 곳이 있는데 많은 사람이 도보로 다닌다. 정면으로 곧장 달려오는 자전거를 만나면 신경이 곤두선다. 설마 사람을 치겠나? 칠 기세로 달려오는 자전거는 멈춰있고 자전거는 코앞에까지 와서야 자전거가 슬쩍 넘어간다. 잔디밭으로 사람을 잔뜩 겁주고 간다. 속이 부글거리며 가는데. 이번에는 자전거 세대가 질주해 왔다. 칠 테면 쳐봐라. 사고 나면 네 책임이지. 한데 내 예상은 빗나갔다. 자전거는 나를 치지도, 피해가지도 않았어요. 묘기였다. 놀란 나는 오 ○○○, ㅅ○○○, 나도 모르게 소리를 버럭 질렀다. 그러자 저만치 가던 자전거가 우뚝 섰고, 그 사람이 ㅎ○○○○○! 핸들을 꺾어 돌아올 기세더니 욕만 퍼붓고 사라졌다. 애들이었습니다. 그날 이후 다시 보면 어떻게 하지? 그냥 참을 것! 까짓것 비켜주면 그만인데! 욕은 왜 했어! 매일 가는 길인데! 만나면 먼저 내가 얘기해야지. Hi~, Sorry….

자전거가 또 온다. Hi~, Sorry~ It is my fault.

그러자 그 애들이 No sir, My fault sir.하면서 활짝 웃는다. 그다음에는 뭐라고 했는데 들리지 않았다. 그 애들도 나처럼 속앓이를 했구나. 걸어가면서 아직 가을이네….

"사랑은 함께 웃을 때 서로 가까워지는 것을 느낍니다. 하나님 앞에 항상 웃으면 더 가까워집니다. 항상 웃어요. 하나님이 보고 있어요."

8. 천천히 천천히 천천히

내 삶을 돌아본다면 한마디로 "정신이 없다."라고 말할 것입니다. 한국에서 미국으로, 또 미국에서 한국으로의 생활, 그리고 다시 한번 미국으로…. 한 번 더 온 미국에서의 생활 13년, 처음에는 주유소에서부터 한국 마켓, 청소, 식당, 샌드위치, 후리마켓, 뷰리서플라이까지 그리고 후리마켓을 세우고 현장을 누비며 살았어요. 그냥 앞만 보고 달린 것입니다. 몸도 마음도 지쳐 나를 찾아보기 힘든 하루하루를 보내며….

어느 날 회사에 사직서를 냈다. 내 상관없이 냈다. 내병 때문에 두 달 정도 병원에서 지내고 집에 왔다. 그리고 시작한 것이 바로 걷기였다. 처음에는 집에서 했어요. 긴 여정을 모르고…. 그다음에 밖이 궁금해졌다. 똑같을까? 밖에 바람은 시원할까? 그리고 밖으로 나와 걷기 시작했다. 힘드네. 기분은 좋네. 집에서 조금 큰 길이 나오면 다시 집으로, 거기엔 골프장 두 번째 홀이 있었다. 조그마한 언덕이 있는데 나는 커다란 장벽 같아서 그것을 지리산이라고 명했다.

집에서 지리산까지 50m 무려 50m…. 나는 한 시간이 조금 더 걸렸습니다. 지리산 둘레길까지 천천히 천천히 아주 천천히 걸었습니다. 한두 달 정도 걸으니까 더 조금 해볼까? 빨리해야지. 빨리. 그다음에 간 곳이 호수 나오는 곳, 제가 '스페인의 순례자'라고 명하고 그 길을 걸어갔지요. 걸으면서 두 달을 매일 20보를 더 가야지. 매일 매일…. 일어나 걸을 때 필요한 짐을 나만의 배낭에 차곡차곡 넣고 분신 같은 지팡이를 챙겨 무작정 떠나온 길에 간간이 보이는 집에 주인이 손 흔들어 인사하고 나도 마지 못해 인사하고, 또 어떤 사람은 주께서 인도해 주신다고 기도하면서…. 나도 인사를 보내고 나를 사랑하시는 하나님, 참사랑 나를! 정말! 내가 나를 보고 긴 웃음을 날려 보내지요.

시간이 지나면서 지리산보다 큰 동산이 하나 있어요. 그 어느 날, 저기 한번 올라가 볼까? 저기…. 그리고 올라갔지요. 오르막길을 걷다 문제가 생기고 말았어요. 스텝이 잘 맞지 않아서 중심을 잃고 하다가 그냥 지팡이를 놓쳤어요. 아뿔싸! 한 일곱 보 정도 올라갔는데 지팡이 없이는 걸을 수 없는 상태가 되었어요. 나는 주저앉아 멍하니 걸어온 길을 보면서 이것은 내가 처해있는 나야. 바로 나. 내가 출발한 곳에서 언덕까지 정상 사람은 한 여섯 보 정도 되는 곳에 있었습니다. 머릿속에 수많은 생각이 지나갔어요. 다치면 여기서 포기해야 하나. 걸을걸! 이 생각 저 생각에 빠져 한참 넋을 놓아야 했어요. 그때 굴러? 구르면 몸은, 다리는, 팔은 다치면 어떡하지. 올라갔어도 내려가지 못했을 거예요. 올라가는 것만 했지. 내려가는 것은 생각을 안 했어요. 하나님이 지켜주시겠지. 보호해 주실 거야. 하고 생각이 없이 동시에 굴렀어요. 눈을 감고, 회전이 지나고 눈을 뜨고 살았네. 팔, 다리, 몸 보고 갑자기 눈물이 흘러나오고 한참 울었어요. 한참 울고 나서 보니 오르막길을 위해 나의 분신 지팡이가 보여 누워서 올라가서 또 누워서 내려왔지요. 이 병은 오랜 여정인데 왜! 왜! 하면서.

"Slow, Slow, Slow 천천히 천천히 천천히"

그리고는 지팡이를 움켜잡으면 끝이 보이지 않는 길을 걸어갔습니다. 순간 여러 감정이 휩싸였습니다. 용기, 희망 등 긍정적인 단어를 모두 동원해도 표현할 수 없는 것이었습니다. 나의 뒷모습을 바라보면서 가방을 열고 그 안에 들어갈 수 있는 것을 넣고 내 뒤에 버렸습니다. 지나가면서 그것을 보면 마음이 단어로는 설명할 수 없지만, 아쉬움과 기쁨…. 한 6개월쯤 되면서 정상 정복을 하고 말했어요. 지리산보다 더 큰 동산을 내가 왔다. 내일도 또 올 거다. 그 동산도 나를 보고 반가움을 표현했다. 저도 역시 힘껏 껴안고 내려올 수 있었어요.

"느림은 시간에 모든 기회를 부여할 수 있게 해줍니다."

"하나님께 감사드립니다. 느림을 알게 해주신 하나님께 감사드립니다."

9. 아!

하늘과 땅, 바다가 만나는 곳에는요. 또 다른 세상이 보인다고 이야기합니다. 거짓말…. 그것은 우리가 넘어야만 할 굴레가 아닐는지요.

우리가 여행길에 식당을 찾고 있다가 마침 두 식당이 나란히 있었어요. 한가로운 시간인지라. 한 집주인이 찬거리를 다듬고 있었고 또 다른 한 집주인은 지나가는 손님을 부르고 있었어요.

우리는 부르는 소리를 따라 그 집에 들어갔는데 음식의 양도, 맛도 시원치 않았어요.

쯧쯧쯧.

나오면서 보니 옆집에는 제법 손님이 많이 있었어요.

"아차" 하고 깨달았어요.

음식 재료를 다듬는 주인보다 지나가는 손님을 부르는 주인보다 본질에 충실한 지혜로운 주인이라는 사실을….

찬거리를 다듬는 주인처럼.

"행복할 때는 고난을 극복할지 모른다. 고난 속에서 비로서 자신을 알게 됩니다."

"기도하세요. 그곳에 길이 열려 있습니다."

제4부
호기심을 켜라

1. 호기심을 켜라

학창 시절, 나는 진로에 대한 고민이 많았어요. 자율 학습 시간이면 친구들은 열심히 공부했지만, 나는 왜? 공부하는지, 무엇을 하면 행복할 수 있을지를 생각했어요. 아주 많이요.

개나리가 피던 날, 열여덟 살 봄날, 조금 있으면 축제가 무르익은 봄날…. 서고의 책을 마음대로 볼 수 있다는 말에 솔깃해서 도서반에 들어갔습니다.

나는 축제 때 베스트셀러 작가를 취재하자는 선배의 말에 눈이 휘둥그레했습니다. 친구들은 베스트셀러 작가가 고등학교 학생을 만나 주겠나? 만나줘도 누가 가서 이야기를 할 수 있겠나 하면서 만류랬습니다.

나는 호기심이 발동했습니다. 그 작가가 쓴 책 읽어봤는데 어떤 사람인지 궁금했습니다. 한번 내가 해 봐.

나는 무작정 출판사에 전화해서 작가를 찾아갔습니다. 꼬깃꼬깃한 질문지를 펴서 다시 보고, 연필, 노트를 준비했습니다. 그런데 작가는 없고 그 문하생이 있었습니다. 소설 때문에 여행을 가셨다고 말씀하셨습니다. 그러면서 그 작가 책을 선물로 주면서 "공부 열심히 해"라는 말을 들었습니다.

그 책은 『기계 도시』라는 책이었습니다. 그 일이 있

고 그 선물을 모르고 살았습니다. 책에서 읽었는데 오랫동안 호기심을 연구하고 놀라운 사실을 발견했습니다. 호기심이 많은 사람은 새로운 경험에 쉽게 마음을 열고, 사람이나 사물에 대해 유연한 태도를 취하기 때문에 긍정적인 경험을 많이 하게 된다는 것입니다. 특히 호기심을 가지고 어떤 모험을 시작할 때, 뇌의 선조체에서 도파민이 분비되는데 이때 큰 기쁨을 느낄 뿐 아니라 실제로 똑똑하고 건강해진다는 사실이 과학적으로 입증되었습니다.

영화감독 제임스 카메론도 자신의 가장 강력한 무기는 '호기심'이라고 말했습니다. 그는 바닷속 세상에 호기심을 느껴 답사 여행을 시작했고, 침몰한 타이타닉호를 수만 번 관찰한 끝에 영화 『타이타닉』을 탄생시켰다는 사실, 그리고 로봇으로 바닷속을 관찰하다가 감정을 가진 로봇의 존재에 대한 호기심이 생겨서 영화 『아바타』를 만들었다는 것을 알고 계십니까?

모험의 시작은 항상 '호기심'입니다. 저 역시 글을 쓸 때 "이번에는 글의 무늬가 어떻게 그림을 그릴까? 이 글을 읽는 사람은 어떤 마음으로 읽을까?"를 생각합니다.

특히 사람에 대한 호기심이야말로 내 일에 대한 의미를 지속시켜 준다는 사실을 깨달았습니다. 그래서 우리 인간을 사랑하지 않을까요? 우리 하나님이.

"살아온 기적이 살아갈 기적도 된다."는 하나님의 말씀.

2. 교감하다

　인디언에 관한 책을 읽다 보니 마음에 와닿는 것이 있어서 올립니다.

　베어 하트가 속한 부족의 이야기입니다. 그 부족은 젊은이들에게 "자연과 인간의 교류하는 길"을 보여주기 위해 이런 실험을 합니다. 청년들의 눈을 가진 채 나무가 울창한 숲속으로 데려갑니다. 그리고는 많은 나무 중 한 그루를 선택하게 한 다음, 그 나무 곁에서 한나절을 머무르게 합니다. 그들은 각자가 택한 나무를 만지고, 껴안고, 그 나무와 이야기를 합니다. 반나절을 지난 후 사람들이 숲으로 가서 그 청년들을 데려옵니다. 물론 그때까지도 그들은 눈을 가린 채로 있습니다. 그들을 벌판으로 데려와서 눈가리개를 풀어줍니다.

　"가서 네 나무를 찾아 모아라."하고 숲으로 돌려보냅니다. 그러면 청년들은 무엇엔가 이끌리듯 걸어가 자신이 반나절 동안 함께 있었던 나무를 정확하게 찾아낸다고 합니다.

　나무와 인간이 교감을 한다니 참으로 신기했습니다. 나무와도 교감할 수 있다면 사람들과는 얼마나 더 깊이 절절하게 교감할 수 있을까요?

　"멋있게 사람들이 교감하면 우리 하나님께서 우리에게 미소를 띄웁니다."

3. 희망과 달팽이

희망과 달팽이는 무슨 연관이 있을까요?

『달팽이 안단테』를 읽고 나서 몇 자 올리려 합니다.

미국에 사는 엘리자베스 토바 베일리는 서른네 살 유럽으로 여행을 떠났는데 무슨 이유에서인지 몸이 아파 할 수 없이 다시 집에 왔습니다. 돌아오자마자 쓰러진 그가 다시 두 발로 딛고 일어서기를 무려 20년이라는 긴 시간이 걸릴 줄 아무도 몰랐습니다.

병원에서 바이러스가 감염된 것 같다고 했는데 시간을 갖고 지켜보자고 했습니다. 우리 몸에 외부에서 침입한 바이러스를 치유하는데 7종만 완치된다고 해요.

작은 아파트, 좁은 침대에 누워 병이 언제 나을지, 아니 낫기나 할지도 모릅니다. 그는 두려움과 막막함에 떨던 그는 감히 희망을 품을 수조차 없었어요.

그러던 어느 날, 친구가 제비꽃 화분을 들고 왔습니다. 내가 좋아할 것 같아서 내민 친구의 화분 속에 달팽이 한 마리가 있었습니다.

한 번도 눈여겨본 적도 없고, 그와 아무 상관 없는 데다 죽은 듯이 옴짝달싹하지 않았습니다. 그런데 여기서 희망이 움트고 있었습니다.

그가 저녁밥을 먹을 무렵에야 달팽이는 껍데기 밖으로

더듬이를 쓰윽 내밀면서 확인하고 달팽이는 소리 없이 미끄러지듯 화분 벽면을 따라서 천천히 움직이고 있었습니다. 천천히 아주 천천히.

그것을 보고 귀를 기울이면 달팽이가 사각사각 꽃잎을 갉아 먹는 것을 보면서 그 사람을 혼자가 아니라는 생각에 마음이 포근해졌다고 합니다.

한순간에 숲속 터전을 잃고 낯선 환경에 던져진 달팽이가 어쩐지 달팽이, 그 사람, 나…. 처지가 비슷하게 느껴졌어요.

그는 간병인의 도움을 받아 달팽이를 유리 어항으로 옮기고 날마다 지켜보았습니다.

이 작은 친구를 어떻게 잘 보살필 수 있을까? 구세군이 안 보이면 나는 도움받는 사람, 구세군이 보이면 나는 도움을 주는 사람, 구세군이 보이는데 그냥 가는 사람은 쯧쯧쯧 하는 마음이 들면서 삶의 의욕도 생겨났습니다.

달팽이에 관한 책을 읽으면서 달팽이가 수천 개의 이빨을 가진 것, 더듬이가 상처 입으면 다시 자라는 것, 점액으로 얇은 막을 만들어 열과 추위에 대처하는 것을 알았습니다.

저는 하나 더 아는데 분자이동으로 달팽이는 물을 건너갑니다. 느리고 나약하지만 꾸준한 달팽이의 삶을 들여다보는 사이, 그의 몸은 조금씩 조금씩 건강이 좋아졌습니다. 하나님이 예비하신 것을 모르고 지나간다면 ….

꼭 기억하십시오. 예비하신 그 길, 자리에서 일어나 의자에 앉고 몇 걸음씩 뗄 무렵 달팽이는 알을 낳아 그에게 생명의 신비까지 안겨주었습니다. 그토록 그리던 고향에 돌아간 날, 그는 달팽이를 숲으로 돌려보내며 나지막하게 읊조렸습니다.

"아주 작은 네 존재가 내 삶을 지탱해 주었어."

희망은 그렇게 작디작은 모습으로 우리 곁에 찾아오는지 모르겠어요.

"하나님의 사랑은 죽을 때까지 평생 사용할 수 있는 단단한 도장이다."

4. 메아리

누나한테 다음 주에 전화해야지! 받을까 하면서?

내게는 누나가 있고, 또 내 동생이 있어요. 남자가 막내고 여자 동생이 있어요. 하지만 외국에서 연이 닿았기 때문에 부모님과 형제들이 미국까지와 살게 되었지요.

누이는 여름에 남편이 있는 미국행을 결심하고 도미를 하고, 여자 동생은 결혼해서 미국행을 하고요. 막내는 유학생 신분으로 도미했어요. 나는 미국이 한 번 살아볼까 하면서 미국에 들어왔지요.

미국이 호락호락하지 않지요. 나도, 누이도, 일 때문에 서로 볼 수 있는 시간은 멀어지고 또 비교 때문에 멀어지고 말았어요. 그래도 딱 하나 통하는 것이 있었어요. 서로 사랑한다는 것이요. 조금 다르지만 서로 사랑을 품었습니다. 나도 누나도 ….

하지만 나는 마지막 약속을 지키지 못했습니다. 바쁘지 않으면서 바쁘고, 내 마음에서는 멀고, 혹시 하면서 핑계를 대고…. 내일 내가 전화해야지 하면서 하지 않고, 핑계를 대고 또 또…. 시골에서 할머니가 엄마가 열 밤만 자면 온다고 했던 약속처럼 ….

얼마 전에 누이의 생일이었어요. 그날에도 전화를 또 못했어요. 내 편지는 누이가 봤는데….

많은 분이 묻습니다. 저도 나한테 묻습니다.

"대화"

부부나 가족, 형제 또는 동료처럼 가장 가까워야 할 사람과 대화가 통하지 않거나 상대방 이야기를 듣다 속이 터지고 견딜 수 없을 때 하는 소리 알아요?

어떻게 해야 잘 들을 수 있을까요? 어떻게 들을 수 있나요? 잘 듣기 위해서는 안팎으로 해야 합니다.

'확' 이야기를 가로채 자기 말만 하고 있으면 안 됩니다.

'멍'하니 정신을 놓고 그냥 하면 안 되죠.

'욱'하면서 버럭버럭 소리를 지르거나

'휴'하면서 마음을 추스르면 말을 보낼 수 없어요.

'턱'하면 말을 잊어버리지요. 그러면 말이 엉키고 주제가 없게 됩니다.

상대방 이야기의 사실 여부를 떠나 우선 받아들여야 합니다. 있는 그대로 말이지요. 이것 또한 쉽지 않습니다. 말들이 들어오는 순간 우리 마음속 걸러내는 장치가 분류를 시작합니다. 이것은 옳고 저것은 옳지 않고….

이러다 보니 자기가 듣고 싶은 말만 남습니다. 과연 맞을까? 내가 오래전에 연극을 보았는데 상대방의 입장에서 그가 인칭을 바꿔 말해 보는 연극을 보았습니다.

상대방의 입장에서 그가 한 말을 다시 해보면 그의 심정이 됩니다. 상대방의 감정, 생각, 욕구를 이해하고 의도를 파악해 공감할 수 있지요. 이제 알 수 있는데….

상대방의 이야기를 듣지만 제대로 듣지 못하고 자신이 듣고 싶은 말만 듣다 보면 더불어 살기 힘듭니다. 그래서 전화하려고 했는데…. 나의 말이 아닌 누나의 이야기를 다 들어주려고 합니다.

"가을은 열매를 거두는 계절이면서 동시에 생명의 공정함을 보여주는 계절이 아닐까 싶습니다."

잘 있었어요. 누나.

풍요의 완결을 보여주지만, 그로 인해 곳곳은 비어있는 자리도 되는군요. 우리 마음속 또한 비울 일이 아닐까? 그것이 우리 마음이 살아야 할 제자리 아닐는지요.

한 시인이 "고요여 / 마음에 생살이요."라고 노래한 때의 그 고요를 가을에는 잘 볼 수 있습니다. 누나…. 가을에는 늦봄이나 초여름 잎새의 푸른 빛을 더 이상 그리워하지 않아야 하니…. 지나가고 떠나가는 것은 지나가게 하고 떠나게 해야 합니다. 혹여 가을에 선 사람의 가냘픈 몸을 보게 된다면 그 몸에 우리의 손을 가만히 얹을 일입니다. 나도, 누나도….

이 가을! 우리도! 해탈을 향하여 서늘하게 지고 싶어서 한 번 봐요. 내가 보낸 마지막 편지입니다.

2012년 10월 23일에 편지를 보냈고요. 그분은 2013년 1월 5일에 편지를 보았고 2013년 1월 9일 소천했어요.

여러분 내 마음을 보내요. 참된 사랑을 좀 있다 좀 있다 하지 말고요. 편지로, 전화로 연락하세요.

주님 그분을 결코 버리지 않을 사랑을 주소서. 곤고한 영혼이 주님 안에 쉼을 주소서. 우리 주님 빚진 생명을 주님께 되돌려 드리니 깊은 바다 같은 주님 안에서 그 사랑 더욱 풍요롭고 충만하게 거하게 하소서. 아멘!

5. 가을의 전령, 추석

가을! 산천이 붉은색으로 노을 지며 해가 기우는 계절이다. 피부를 스치는 저녁 찬바람이 계절을 느끼게 한다. 들녘은 풍요로운 황금색으로 물결치고, 산과 구릉지의 초목들도 붉게 물드는 만산홍엽의 가을 속에서 이리 기웃, 저리 기웃, 바쁘게 날아다니며 가을에 흠뻑 취한다.

가을이구나. 가을….

붉은색 잠자리가 징검다리를 건너는 가을 잠자리 떼를 보고 환하게 웃는다. 잠자리는 역시 계절의 입는 듯 붉은 혼인색으로 치장하고 한줄기 억새바람에도 쉼 없이 반복하는 재롱 같은 동작은 동심을 떠올리기에 충분하다. 이렇게 가을은 시작이다.

감나무에 고운 주홍색 감들이 군침을 돌게 하고. 어! 밤나무가 나를 보고 있네. 활짝 웃고 이야기하네. 흔들어 달라고 흔들어 달라고. 저기 멀리서 붉은색 초록색이 어우러져서 방긋방긋 웃고 있네. 가을 대추가.

멀리서 황금빛 물결이 아삭아삭하면서 나를 재촉하네. 빨리 집에 가라고.

늦은 저녁 땅거미가 나를 재촉하며 연기 품은 내 집이 보이네. 땅거미를 뒤로 하고 선물은 흔들며 빨리 재촉하면서…. 추수하며 혹은 길을 걷다가 삶의 한 모퉁이를 장식하는 가을의 전령 추석, 한번 친해져 보는 것은 어떨까요? 한가위하고.

훗날 인생의 가을에서 그 기억을 꺼냈을 때 슬며시 미소 짓게 하는 인생의 전령이 되어 줄 것입니다.

우리 하나님도 미소를 지으시겠지요.

마음이 풍성한 한가위 되세요.

6. 어린 시절의 설날

어릴 적 한 달 전부터 손꼽아 기다리던 설날을 앞두고 어머니가 가래떡을 빼 오셨습니다.

형제들은 우와~! 즐거운 비명을 지르며 조청에 쿡쿡 찍어 먹었습니다. 꿀맛이었습니다. 저는 간장을 더 좋아했지요.

항아리에 살얼음이 있는 식혜가 어울리면 그만이고 또 수정과의 알싸한 계피가 그만이었습니다.

설날 아침에는 고운 설빔으로 단장하고 있었지요. 우리 집이 큰 집이어서 친척들이 모이면 잔칫집처럼 법석거렸습니다. 상에는 음식이 가득했지요. 황금빛 놋대접에 담긴 갖가지 꾸미와 떡국은 보기만 해도 군침이 넘어갔지요. 떡국을 먹으면 한 살 더 먹는 게 벼슬 올라가는 것 같았지요. 초등학교 때는 어머님은 두 딸에게 분홍색 한복을 지어주시고 남자들은 청바지와 스웨터하고 잠바를 주었는데 누나와 동생이 꼭 진달래꽃 같았어요. 어른들에게 세배드리면 덕담 끝에 세뱃돈을 주었습니다. 나는 집에 장손이기에 세뱃돈을 조금 많이 줘서 좋았지요. 세뱃돈을 무얼 할까 생각했고, 이번에는 엄마한테 안 줘야지. 그리고 또 총 하나 사고, 구슬도 사고, 폭음도 하나 사고 ….

밖에 나가면 널빤지 널뛰기가 있고 여자들이 나와서 놀고 있고 그런데 널뛰기를 세게 밟아 어떤 애는 몸이 공중으로 날다가 땅바닥에 뚝 떨어지면 떨어진 여자아이는 웃고, 밖에서 구경하던 아이들도 웃고….

남자아이들은 구슬치기도 하고 자치기도 하고 팽이치기도 하고 눈이 왔으면 썰매도 타고 나중에 골목길이 시멘트가 깔리고 우리의 추억 속으로 사라져 갔지요.

남자하고 여자는 설빔이 틀렸어요. 남자는 청바지나 코르덴에 스웨터하고 잠바 끝. 그러나 여자는 아닙니다. 코르덴 바지 또는 치마 그리고 반코트 또 하나는 한복

참! 남자아이들은 다 옷이 커서 바지나 스웨터를 두세 번 접어서 바지를 입었지요. 돈 많은 집은 한번, 돈이 조금 부족하면 세 번 접었어요.

내 친구를 부르러 친구 집에 들어갔는데 아뿔싸 내 친구 여동생이 부아가 머리끝까지 올라서 방에서 울고 있는데 방안을 도토리처럼 떼굴떼굴 구르면서 벽에 머리를 콩콩 박았어요. 나는 그때 처음으로 여자가 무서웠습니다. 많이 아주 많이.

그때 내 친구 엄마가 어린 여자가 머리에 혹이 있으면 어떻게 해~. 알았어. 한복을 해줄게. 쯧쯧

설날 정초부터 초상난 듯 운다고 꾸중을 하고 있지만 내 친구 여동생은 한복을 해주니까 웃었다. 활짝!

내 친구 엄마가 치수를 주면 아현시장에 가서 돈은 엄

마가 주니까 한복 하나 가지고 와! 심부름 돈을 주며 빨리 갔다 와 빨리!

아현시장에 가서 노란색 비단 저고리하고 자줏빛 치마를 사서 가지고 오면서 거기 있는 문방구에 들러 어묵, 떡볶이하고 튀김, 오징어튀김을 먹습니다.

내 친구가 "심부름 값이 조금 남았네. 빨리 주고 만화방 가자…."고 합니다.

파랑새가 내 어깨 위 머물던 행복한 설날이었습니다.

네가 필요할 때 받았던 것 같이 주라.
주님이 너를 사랑하신 것 같이 사랑하라.
어찌할 줄 모르는 자에게 돕는 자가 되라.
너의 사명에 충실한 자가 되라. 아멘.

7. 가을을 손질하는 마음

이관영 집사님과 호두나무 이야기를 하다가 문득 시골에도 호두나무가 있었지.

저희 시골에 호두나무가 몇 그루 있었어요. 호두도 가을이면 밤나무처럼 아람이 벌어지지요. 우리는 어릴 때 밤이든 호두든 겉껍질이 갈라지고 아람이 벌어지면 밤새 부엉이가 와서 방귀를 뀌고 갔다고 할머니가 이야기하곤 했지요. 그때 그 말을 믿고, 다른 마을보다 우리 마을 특히 우리 산에 먼저 와야지. 그때 밤나무 아람이 벌어지길 기다리던 우리 마음이었나 봅니다.

할머니 산에 밤나무가 지천으로 잘 자라고 있었어요. 그리고 동네에 호두나무가 있는 집은 몇 되지 않았어요. 가을이면 밤나무가 있는 집 아이들 유세가 대단했지만, 호두나무가 있는 집 아이들 유세에 비할 바가 아니었어요.

우리 시골집에는 밤보다 호두가 귀했기 때문에 좀 심했지요. 아이도 어른도 호두를 얻으면 껍데기를 깨뜨려 열매를 발라 먹을 생각보다 손안에 노리개를 만들기 바빴지요. 가을에 어른들 주머니 안에 들어가는 두 과일이 있는 것 아시나요?

하나는 호두고 또 하나는 호두만 한 탱자였어요. 저는요 탱자를 많이 먹었어요. 신맛이 좋아서 침이 꿀꺽하네요. 우리 시골집에 탱자나무 울타리가 쳐져 있었어요. 가시가 있거든요.

그리고 시골집에는 가래도 있었어요. 호두 사촌쯤 되는 가래는 호두보다 껍데기가 더 단단하고 복숭아씨처럼 길쭉하지요. 이것도 사람이 먹는 과일인데 할아버지는 추자라고 불렀지요. 지금 생각해 보니 가래의 뜻이 안 좋아 그렇게 부르는 것 같았어요.

옛날에 가래나무는 일부러 산소 가에 심었던지 산소에 다녀오는 것을 어른들이 점잖은 말로 추행이라고 불렀습니다.

꼭 정월 보름날의 부럼이 아니더라도 아기 좋은 사람들은 깨물어 깰 수 있지만 가래는 절대 이로 깰 수가 없다고 하신 할머니가 생각나네요. 망치같은 것으로 몇 번 두드려야 금이 갑니다. 그렇게 힘들게 깨도 과육은 호둣속 알맹이의 한 3분의 1밖에 되지 않아 그걸 깨서 먹는 데 들이는 품으로 따지면 그야말로 손만 분주한 과일입니다.

그런데 제가 한국에 있을 때 호두보다 가래가 아주 귀했습니다. 아마 과육이 적어 일부러 심지 않아서일 것입니다. 그러나 손안에 가지고 놀기는 호두보다 가래가 제격이었지요. 옛날 우리 할머니가 가을에 오실 때 밤과 가래를 가지고 오실 때가 희미하게 생각나는군요. 나는 할머니가 손질하는 것을 보았는데 가래 열매를 이틀쯤

물에 담가 검은색 껍질 찌꺼기를 불리고 솔과 송곳, 칼, 긁개 등으로 표면을 잘 다듬었습니다. 그런 다음에 굵기와 모양이 비슷하게 생긴 두 개를 한 쌍으로 짝을 지어 들기름을 먹였어요. 그러면 붉은 빛을 띤 짙은 갈색으로 아주 반질반질 윤이 납니다. 손안에 들어오면 감촉이 아주 좋았고 들기름 향취가 좋았어요.

나이가 관계없이 만지면 저절로 기분이 좋아지는 물건 하나 늘 주머니에 넣고 다니는 것도 자신이 배려하는 일이 아닐까 싶네요. 또한 마음에 꼭 한 가지 하나님을 품고 살면 얼마나 좋을까요?

성도님!

힘들 때도, 기쁠 때도, 항상 우리 옆에 계신다는 것을 꼭 기억하세요. 또한 하나님이 우리를 위해 항상 기도하신다는 것을 기억하세요. 우리도 그분을 위해 기도하세요. 항상.

"손전등 불빛 너머에는 언제나 따뜻한 눈빛으로 우리의 먼 길을 비추며 바라보는 아버지가 있습니다."

8. 국숫집에서

사람이 살아가는데 꼭 필요한 세 가지가 있어요. 입을 것과 먹을 것 그리고 살 곳입니다. 이 가운데 나에게 즐거움을 주는 으뜸은 먹을 것입니다.

"맛있는 걸 먹기 위해 산다."라는 말이 그래서 낯설지 않아요. 저는요 미식가는 아니고 그저 가리지 않고 잘 먹을 뿐입니다. 이른바 육, 해, 공을 두루 좋아합니다. 밥상을 물릴 때 남는 것은 거의 빈 그릇뿐일 때가 많으니 먹성도 좋은 편입니다.

언제 TV에서 들판에 피어난 꽃송이도 툭툭 뜯어먹고 풀도 먹고, 꽃과 물이 뭔지 알려주는 것을 보고 미국하고 한국이 동일한가? 제일 잘 아는 것은 뭍에서 나는 고기와 바닷가에 안겨주는 온갖 해살물, 식탁을 풍성하게 채우는 채소류 정도.

이것저것 가리지 않고 잘 먹지만 특히 밀로 만든 음식이 제일 좋습니다. 토종 수입밀 상관없이 밀가루 음식이면 빵, 국수, 칼국수, 수제비…. 그냥 밀가루가 쌀밥도다 더 좋기 때문입니다. 소싯적에 어쩌다 한번 가곤 했던 경양식 집에서 웨이터가 '라이스'와 '빵' 중에 고르라면 답은 한가지 "빵하고 많이 주세요. 빵요!"

중국집에 가도 이해를 못했다. 어른들은 왜 짜장면,

짬뽕이 있는데 볶음밥, 잡채밥, 짬뽕밥 집에서 밥은 매일 먹는데 왜?

한번은 면발을 좋아해서 나의 상사가 국수 죽이는데 알고 있는데 같이 갈래…. 따라간 그 집에서 "차가운 멸치 국수"를 맛본 뒤 국수는 밥보다 낫다는 것을 다시 한 번 느꼈다. 대멸과 디포리로 맛을 낸 육수가 기가 막혔다. 뒤늦게 안 차가운 멸치 육수….

그 옛날에 아쉬운 게 있었다. 태백에서 자란 고랭지 배추라 쓴 원산지 표시 안내문이었다. 그냥 잘 먹고 가면 그만인데 주인에게 "고냉지는 고랭지"가 맞아요. 한 마디를 건넸다. 그 집은 명동에 있었는데 겨울은 따뜻한 육수, 여름엔 차가운 육수 환상이었다. 얼마 뒤 다시 찾은 그 국수집이 항상 사람이 많았다. 그때 국수가 천 원이었다. 이런 느낌은 천 원짜리를 꼬깃대던 어르신들이 사람보다 더 많이 더하게 줬다. 뭘요? 만두도 있었거든요. 주인이 서비스라며 주셨다. 넉넉한 주인의 인심, 아직 그대로 계실까?

"알아요? 하나님은 서비스를 후하게 챙겨주신다는 것을 기도하세요."

"심장에서 나온 기도는 손에서 나온 기도보다 위대합니다."

9. 내일이 새해

새해를 맞이하면 사람들은 한 해를 설계합니다. 작심 삼일이라고 하면서도 지키지 못할 설계를 합니다. 너그 럽고 푸짐한 약속도 때로는 자기에게 하면서 오래 세웠 던 계획을 다시 꺼내 들어 다시 한번 깃발처럼 손에 굳 게 잡습니다.

새로운 날이 밝으면 하루의 일정을 잡고, 학교에 가는 학생은 졸업할 때까지 계획을 하고 결혼한 지 얼마 안 된 사람은 계를 부으면서 자기 집을 사기 위한 계획을 세우고 자기 사업을 하는 사람은 조금 늘려 계획을 정 립하고 회사에 있는 사람은 진급하기 위해 계획을 합니다.

모든 계획을 세우고 달성하고자 하는 목표에 집중하고 다음 목표를 향해 정신없이 달려갑니다. 2012년처럼.

그런데 왜 사람들은 목표를 이룰 때까지의 준비와 실 천은 그토록 강조하면서 성공한 다음에 관해서는 생각 조차 하지 않을까요? 왜 그토록 성공을 간절히 원하는 가요?

한때 사람들은 노후를 대비하기 위해 10억을 모아야 한다는 갖가지 한국 TV에 내놓았다. 그 돈을 모으는 방 법을 제시하면서 ….

하지만 아무도 그 돈으로 무엇을 하겠다는 생각인지도

설명 없이 또한 나 자신에게도 물어보지 않고 그냥 이만큼 돈이 필요해요? 아이들은 국민학교에 들어가면 부모가 설계한 시간표에 인생의 소중한 전반부를 소모합니다.

그러나 좋은 대학에 들어간다는 목표를 철저히 세우고 막상 대학에 들어가서 다음엔 무엇을 하고 어떻게 ….

어떤 사람이 되어 삶의 후반부를 살아갈지에 대한 계획을 진지하게 하지 않는다. 후반부에 들어간 사람도 내가 들어간 다음에야 그다음에는 ….

목표를 달성하면 행복해져야 마땅합니다. 그런데 왜 숱한 사람이 돈을 벌고도 우울하고 불행한 삶을 사는 걸까요?

또 젊은이는 원하는 대학에 들어가고도 답답한 나날을 보내는가? 정작 행복을 누리기 위한 설계는 하지 않았기 때문인지도 모른다.

휴식이 재생산임을 모르고 일만 하여 목표 달성을 위해 달려온 사람들, 성공하는 과정 자체가 중요하다는 사실을 깨달았으면서도 성공의 열매를 맛있게 먹는 과정과 방법을 터득하기 위해 따로 계획을 세우고 실천하는 미덕을 모르는 듯싶어요. 많은 사람이요.

그래서 수많은 사람이 마라톤을 끝낸 다음처럼, 목표를 이룬 뒤에는 더 이상 갈 곳이 없음을 깨닫는 게 아니라 먼저 계획보다 우리의 인생 설계를 세우고 그다음

한 해를 설계하세요. 바로 이 순간에도 자기 자신 속에
역동적으로 살아 움직이는 미래를 하나님이 예비하십니다.

"고통이 사람을 끌어내릴 때 친절한 하나님이 우리를
들어올립니다."

10. 나의 사랑스러운 웬수

한때 텔레비전에 할머니 할아버지들이 나와 퀴즈 풀이, 노래 등을 하던 프로그램이 있었습니다.

한 할아버지가 "당신과 나 사이, 두 글자야"하고 문제를 내니 할머니가 "웬수!"이번엔 "하늘이 당신과 나를 맺어준 것 네 글자야." 하니 할머니가 대답했습니다. "평생 웬수"

할아버지야 할머니가 부부니, 천생연분이니 하는 그런 알콩달콩한 말을 입에 담길 바라지만, 한평생 쌓아 온 할머니의 풍부한 경력은 그런 얄팍한 수작을 멋지게 뒤집어엎고 "웬수, 평생 웬수"라는 한국적 정감이 철철 넘치는 답을 내놓았어요.

부부를 남녀의 사랑으로 묶인 관계로만 생각하는 이분에게는 서로 웬수라 하고 그 웬수끼리 평생 웬수가 되도록 들어붙어사는 게 불가사의가 아닐까?

하지만 나도요 이제 그 웬수라는 말에 슬며시 웃음 짓게 하시는 그분 내외를 보면서 나도 그쪽으로 가고 있구나. 참 나는 웬수도 없는데.

책에서 읽었는데요. "결혼은 상대에게 실망할 기회가 너무도 풍부한 제도"라고 표현을 해주더군요. 하지만요. 실망한 기회의 풍부함이 결혼제도의 장점이 될 수도 있습니다. 모든 껍데기가 다 바람에 날아가면 알맹이만 남을 것이니 부부는 서로에게 실망할 것 다 실망해야 합니다.

남들에게 자랑하고 싶어서 간직하고 있던 것이라면 어서어서 털어버려야 합니다.

그래야 두 사람은 비로소 연인에서 벗어나 부부라는 길동무가 된다는 사실, 타인이 되기 전에 하면 좋습니다. 휴….

연인이 꽃 위에 잠드는 나비라면 부부는 봄, 여름, 가을, 겨울을 살아내는 한 그루의 나무 같다고 생각합니다.

연인은 이미 갖고 있는 장점을 서로를 기쁘게 하는 사이지만 부부는 서로 결점으로 서로를 '도'닦게 만드는 사이라 할 수 있지요.

서로 못난 점으로 상대를 괴롭히고 서로를 무르익게 하는 평생 웬수가 되고 싶지 않은 이들은 그저 연인으로 남아있다가 그 꽃이 지면 다른 꽃을 찾아갈 수밖에 없어요.

나도 자연으로 돌아가고 싶다.

결혼할 사람, 결혼한 사람, 다시 한번 할 사람…. 대화의 실패로 인한 빈자리는요 독설, 허튼소리, 거짓말로 채워집니다. 별로 안 좋지요.

독설은 기도하고, 허튼소리는 묵상하고, 거짓말은 성경을 읽고 그다음은 하나님이 채워주십니다. 아멘.

제5부
뜻밖의 선물

I. 낙원에 들른 손님

　조용하고 멋진 호텔이 있다. 방은 참나무로 장식되어 있고, 주변색 관목은 상쾌한 기분을 느끼게 해준다. 눈같이 하얀 식탁보 위에 차려진 요리는 최상급이며 바람처럼 날쌘 웨이터는 우아해서 종업원들이 모든 시중을 척척 들어준다.

　어느 날 한 여인이 이곳을 찾았다. 그녀는 우아하고 세련된 종업원들이 서로 다투어 시중을 들려고 했다. 특히 저녁 식사 때는 분홍색 장미가 달린 드레스를 입었는데 그 옷은 유명 여배우의 것만큼 아름다움 그 자체였다.

　호텔에는 그녀가 대단한 권력자라고 소문이 돌았다. 며칠 뒤 잘 생기고 세련된 남자가 호텔에 들어왔다. 그는 곧바로 자신만의 전용 식탁을 갖게 되었다.

　어느 날 저녁, 여인이 떨어뜨린 손수건을 남자가 주워주었고 이것을 계기로 둘은 가까워졌다. 우아한 두 손님은 무엇보다 말이 잘 통했다. 그녀는 말했다.

　"사람들 많은 피서지는 진절머리가 나요."

　"호화로운 여객선에서도 나룻배나 다름없지요."

　그도 맞장구를 쳤다. 하지만 행복한 시간도 잠시, 여인은 사흘 뒤 떠날 거라고 말했다.

"저를 위해 한 달 동안 준비된 파티에 가려고요. 물론 파티라면 지긋지긋하지만…. 아~ 여기서 보낸 날들은 잊지 못할 거예요."

"저 역시 잊지 못할 겁니다."

그가 나지막한 목소리로 말했다.

"당신을 싣고 떠날 배가 원망스럽군요."

그로부터 사흘 뒤, 둘은 술잔을 앞에 두고 나란히 앉아 있다. 아름다운 드레스를 입고 골똘히 생각에 잠겼던 그녀는 1달러짜리 지폐를 꺼내어 더듬더듬 말했다.

"제 생각에는 … 아마도… 저를 좋아하신 것 같고, 저 또한 그렇기에 모든 걸 말씀드리고 싶어서…. 사실 저는 백화점 스타킹 파트에서 일해요. 이 휴가를 위해서 일 년 동안이나 저축을 했고, 이 드레스는 A상점에서 구입한 것이죠. 이게 제게 남은 마지막 돈이에요. 아, 이곳은 마치 동화 속 같아서 모든 걸 속일 수밖에 없었답니다."

그는 그녀의 손에 있는 지폐를 집어 들었다.

"사실 저는 3년 전부터 A상점에서 수금원으로 일하고 있습니다. 사람들은 저를 지미라고 부르지요. 우리가 똑같은 방법으로 휴가를 보냈다니 재미있군요. 음~ 이번 토요일에 저와 데이트해 주시면 감사하겠어요. 함께 해 주시겠어요?"

"좋아요. 여기서 지낸 시간만큼 좋을 것 같아요."

그녀는 흔쾌히 수락했다.

오 헨리의 이 책을 읽다 보니 누구나 다 한번 했다는데 누구나 다…. 그러나 마음이란 사용하는 것이 아니라 그냥 거기에 있는 것입니다. 마음은 바람과 같아서요. 우리의 그 움직임을 느끼는 것만으로도 좋은 것 아닐까요? 바람처럼.

그리고 하나님은 항상 거기에 계십니다. 교회에 또 거리에 그리고 항상 내 마음에. 사랑합니다. 아멘

2. 불의보다 떡갈나무를 만들자

친구들을 저녁 식사에 초대하고 고기를 맛있게 굽고 있었습니다. 그것도 소고기를. 그런데 문득 집에 소금이 떨어졌다는 사실을 알게 되었습니다. 아뿔싸.

나는 영재를 불러서

"소금을 사 오너라. 하지만 네가 사는 소금에 딱 맞는 값을 치르고 오너라. 더 비싼 값을 치러서는 안 되고, 값을 깎아서도 안 된다."

영재는 놀라서 말했습니다.

"아버지! 사는 물건마다 더 비싼 값을 치르면 안 된다는 점은 충분히 이해하겠어요. 하지만 물건은 어느 정도 흥정을 할 수 있는 건데, 소금값을 몇 푼 깎아서 안 될 이유라도 있나요?"

"큰 도회지에서라면 그건 바람직한 일이지. 하지만 우리 마을처럼 작은 읍에서 그렇게 한다면 온 마을이 다 망하고 말 거야."

옆에서 두 사람의 대화를 듣고 있던 친구가 어째서 소금값을 깎아서는 안 되는지 이유를 알고 싶어 했다. 그래서 내가 이야기했습니다.

"소금을 제값보다 낮은 가격에 파는 사람이 있다면 틀림없이 돈이 아주 궁해서 그렇게 팔 것입니다. 파는 사람은 사람의 그런 처지를 이용해서 자신의 이익을 남긴다면 그것은 사람이 어떤 것을 생산하기 위해 쏟은 노력과 땀방울을 존중하지 않는 일이 됩니다."

"하지만 그런 이유만으로 한 마을이 망하지는 않지요."

"마찬가지 경우인데요. 세상에 처음 생겼을 당신에게는 불의가 거의 없었지요. 이후 세월이 흘러감에 따라 사람들은 저마다 무언가 정의롭지 못한 것을 덧붙였습니다. 안타깝게도. 그러면서 다들 이쯤은 대수롭지 않은 것이라고 모두 생각했지요. 하나님이 과연 좋아할까요? 싫어하십니다. 바로 그래서 세상이 오늘날과 같은 지경이 된 것입니다."

여러분! 한 알의 도토리 속에 응축된 강력한 에너지를 보십시오. 땅속에 묻으면 그것은 거대한 떡갈나무로 폭발해 오른다는 말씀, 그래서 이만큼 왔습니다. 여러분!

또 알고 있지요. 피노키오는 떡갈나무로 만들고 그 속에 생명을 부어 나중에 인간이 되었습니다.

주님! 주님의 친절한 마음을 오늘 누군가에게 보여주고 싶습니다. 도움이 필요한 사람과 그 방법을 제게 보여주소서. 제 말과 행동이 주님의 사랑을 전할 수 있기를 원합니다. 아멘!

3. 뜻밖의 선물

나의 부도로 벌써 7년의 세월…. 완전한 실업자가 되었다. 아니 내 마음의 빚에 쫓기는 절망적인 시간이 아직도 남아있다. 삶의 무게는 더할 나위 없이 내 영혼을 짓눌렀고, 살고자 하는 의욕은 종잇조각이 되어 바람에 뒹굴었다. 가끔은 이대로 삶의 마침표를 찍으려고 호수를 걸어가고 높은 곳에 올라가기도 하고 …. 밤하늘의 별빛이 소리 없이 내리면 아이들 얼굴이 눈앞에 아른거렸다. 그러면 하염없이 기도하면서 나를 부르는 메아리에 정신을 추스른다. 또 또 또….

갑자기 집으로 돌아와 무작정 책을 읽었다. 그 책은 "내 친구가 나한테 버리라고 하는데 한번 읽어볼래."하고 준 것입니다. 하나님은 세세한 것 같이 보살펴줍니다. 닥치는 대로 읽고 또 읽었습니다.

매일 아침에 성경을 읽고 또 책을 보았습니다. 영혼이 점점 맑아지고 새로운 에너지로 가득 찼어요. 그러면서 그까짓 일로 죽으려고 했던 나 자신이 부끄러웠다. 내게 성경 읽기는 '숨'이었고 책은 곧 '생존'이었습니다. 복잡한 머리가 정화수로 씻기는 듯했습니다. 성경과 책으로 행복해진 나는 다신 운동도 하고 묵상도 하고 매일 아침에 편지도 보내고 글쓰기도 하고 산책도 하고….

시원한 바람과 푸른 나뭇잎이 주는 신선함은 날마다 밖으로 내보냅니다. 그들은 내게 조용히 속삭였어요. 내 가슴에 보물이 있다고 내 가슴에 그분이 계시다고 속삭였습니다.

독서 여행도 못 가지만, 눈으로 보고, 가슴으로 느끼고, 내게 조용히 속삭였다. 내 가슴에 보물이 있다고 해서 나눔터를 시작했어요. 나는 일주일에 한 번씩 해야지 하고!

낮에는 눈으로 자연을 보고, 독서도 하고, 묵상도 하고…. 아름다운 풍경과 맑은 공기에 마음이 편해진 데다 책의 향기까지 어울려져서 더하게 무척 유쾌했습니다.

그뿐만 아니라 많은 사람이 성경을 읽고, 책을 음악처럼 편안하기 위해서 어떤 날은 한주에 두 번까지 글을 올리지요.

가끔은 너무 급하게 가면 넘어진다고 하면서 내가 나를 보게 한다. 하지만 나는 포기란 말을 싫어한다.

저는요! 하나님이 항상 나와 함께 계십니다. 어느 때는 밤하늘의 달과 별, 햇살이 눈부시기도 하지요. 바람을 좇기도 하고, 하늘이 비를 머금기도 합니다.

찬바람 된서리에 인생이 피부가 거칠어지고 서글픈 주름도 늘었지만 …. 하지만 난 행복하다. 얼굴의 주름도 두렵지 않다. 나는 성경과 책으로 새로운 인생을 열었으니까.

"이 창조된 세상은 영원 속에서는 한 장의 삽화에 불과합니다."

우리가 하나님을 섬기고 찬미할 수 있음에 무한 감사합니다.

4. 잘못했습니다

"따님은 학습 지진아입니다. 아이를 가르치지 못하겠습니다."

그때가 서희가 미국 온 지 5개월 때 초등학교 1학년에서 2학년 올라갈 때 일입니다. 백인 여선생이 눈살을 찌푸리면 쏟아내는 말속에서 나는 인종차별을 확실히 느꼈습니다. 그 선생이 1학년을 유급하던 그때 보고 결정을 해야 합니다. 1년 후에!

만일 딸이 백인이라면 '그러지 못했을 것이다.'라고 느꼈습니다. 다소 모자라는 것은 영어뿐. 다소 모자라는 점이 있더라도 항의가 두려워 더 세심히 살피지도 않고 그냥 재학하고 있으면 그대로 하라는 결정 통보였어요. 초라한 행색으로 보아 아무 소리 없이 아이를 데려가리라고 …

그러나 저는 그런 사람이 아니었어요.

"당신 우리 딸 잘못 봤습니다. 얼마나 똑똑한 아이인지 학기가 끝나고 증명해 보이겠습니다." 2학년이 끝났다고요.

허름한 차림새와 달리 유창한 아니 괜찮은 영어로 다부지게 항의하자 교사 얼굴에 당황한 빛이 역력했어요. 공부해야 합니다. 여기는 미국입니다. 또 말이 영어입니다. 그 교사가 계속해서 안 됩니다. 영어가 안 되면 나머지 공부가 안 됩니다.

저는 그럼 교장 선생님께 얘기합니다. 또 학교장께 교사에게 이야기한 내용을 설명하지만, 대답은 NO, 교장은 더 심하게 인종 차별자였습니다.

그때 서희하고 사촌 규리가 같이 1학년이었어요.

"아빠! 나는 1학년 다시 가야만 되나요? 규리는 2학년이잖아. 난 싫어 학교 안 가"

하면서 그 나이에 우울증에 걸려있었어요. 그래서 학교를 옮겨 또 그런 일이 있을까 봐 3학년에 전학했어요.

백인 교사에게 학습 지진아로 낙인찍힌 아이 서희가 전학하면서 내내 초등학교 3학년 때부터 고등학교까지 항상 "A대학교 때 2학년을 휴학했어요." 지금은 다시 복학해서 일도 하고 공부도 하고 있어요. 그때의 그 일을 잊어버리고 서희야 공부해 또 해…. 휴학은 안 돼. 서희는 나를 믿어봐, 나를요!

여러분! 믿으세요. 우리 아이들을 위하여 기도하세요. 아이들의 앞날을 위해, 몰라요! 하나님을 계속 일하고 계십니다. 우리가 하나님을 믿고 기도하면요. 그리고 맡겨주세요. 하나님한테요.

결국 사람이란 생의 흐름 속에서만 나와 아이들을 판단하고 가늠하나 봅니다. 그래서 세월이 흐른 후에야 그 순간에 담긴 진의를 깨우치나 봅니다. 그러나 믿음이 있으면 다 보게 됩니다.

믿음이 있으면 ….
주님, 주님의 계명들을 묵상하며 주님의 길을 생각합
니다. 아멘.

5. 음악다방

 오늘은 비가 오네요. 봄비가 내리면 옛 생각이 나지요…. 많이 … 비처럼 ….
 명동의 "필하모니"나 "르네상스"와 같은 부티 나는 음악 감상실을 얘기하려는 것이 아닙니다.
 어딘가 모르게 광고에 나오지요. 2% 부족한 분위기, 은밀히 감춰진 어머니의 속치마처럼 자세히 들여다보면 추레하고 엉성한 변두리 음악다방을 말하려는 것입니다.
 나는 변두리가 좋아요. 뭔가 아직 세련됨이 없는 그것…. 변두리 사람들의 결핍을 좋아했어요. 꽉 차 한 방울의 물조차도 받아드릴 수 없는 사람보다 부족한 것이 많아 서로 채워주고 싶어지는 빈 사람이 좋아요. 신앙도 우리 공간에 있는 빈방이 있어야 합니다.
 음악다방 한쪽에는 LP판을 틀어주는 뮤직박스가 있고 …. 유리벽으로 된 뮤직박스 안에는 장발 단속에 딱 걸리기 좋은 긴 머리에 커다란 도끼빗을 뒷주머니에 꽂고 나팔거리는 통바지를 입고요. 뾰족한 구두를 신고, 야성미를 강조하기 위해 체크무늬 와이셔츠를 심하게 풀어 헤친 폼생폼사의 인물이 앉아 있기도 했지요. 거의 다 하하하.
 젊은 여자들이 들어서자마자
 "예쁜 동생 왔어?"라고 말하듯 살짝 윙크를 날리는 낭만의 디제이 내 친구. 고개를 약간 뒤로 젖혀 탄력 있고 윤기가 나는 긴 생머리카락을 찰랑찰랑 흔들어 댈 때면 여자들이 얘기합니다.

"저 오빠 멋있다."

또 다른 친구는

"저런 기름진 디제이가 왜 좋니?"

속이 불편해 죽겠다고 비호감을 표합니다.

다시 디제이는 또 한 번 보낸다.

"저기 빨간 스카프를 캔디처럼 동여맨 새카만 눈동자의 꼬마 아가씨도 안녕~."

하면 안개에 휘감긴 목소리로 친구를 향해 달콤한 멘트를 던지자 양 볼이 붉은빛으로 변하면서 미소가 만면 가득 피어난다. 그것을 보면 싫다는 말이 내숭임을 이내 드러납니다.

그건 알아요. 디제이는 커피를 안 먹어요. 왜요! 많이 먹으면 안 좋을까 봐. 또 비싼 것을 먹었어야 주인이 좋아하고 펜들이 줘요. 쌍화차에 계란, 반숙….

"후 윌 스탑 더 레인", "호텔 캘리포니아…".

저는 요, 첫 발자국을 제일 좋아했지요.

Le Premier pas / Claude Ciari

어떤 이는 한글을 촌스럽게 쓴 쪽지 하단에 멘트도 보내고, 아름다운 시도 보내고, 그림도 보냅니다.

누가 행복했습니다. 1시간, 2시간, 하염없이.

누가 말했던가요? 사랑은 움직이는 것이라고.

발이 움직이면 나와 집으로 가노라면 그 음악이 나를 따라 집으로 가면서 흥얼거리기도 하던 그 시절이 있었어요.

사랑은 움직이고 있어요. 그러나 한가지 아니하는 것이 있었으면 좋겠습니다. 하나님의 사랑을 받고 또 기도하고 내일이 더욱 나아질 것이라는 기대만큼 강력한 것은 묵상, 성경 읽기, 기도하면요.
생명의 삶 QT하세요. 아멘!

6. 멋있는 통화

대학교를 마치고 처음으로 들어간 회사는 바로 공무원이었다. 그런데 서울에 보직을 얻어 근무하려고 했는데 강원도에 보직이 있어 원주도 아닌 삼척에 발령을 받아 삼척으로 눈물을 머금고 갔어요. 여기저기 하숙집을 알아보고 계약서를 작성했습니다. 창을 열면 동해가 저만큼 바라다보였습니다. 그때가 여름이었는데 시원한 바닷바람이 언제나 집안을 휘젓고 다녀 선풍기가 필요 없을 정도로 쾌적했습니다.

그 하숙집에 나 외에 또 다른 하숙하는 사람이 두 명이나 있었어요. 안방에는 주인장 부부가 있었는데 그때 나는 부부가 서울에 있는 서울 촌놈보다 낫다고 생각했어요. 주인장 부부가 한 육십 오세 내외 정도의 나이셨지요. 그때는 할아버지, 할머니라고 생각했어요.

특히 해가 너울너울 지면 후텁지근한 바람이 바닷가의 해풍으로 불어오고 있었어요. 그곳에는 해풍을 막아주는 소나무가 있었는데 한 오리 정도에 널리 퍼져 있었지요.

해변을 물리치고 산으로 올라가면 거기서 또 다른 운치가 있어요. 냇물이 흐르면 열목어도 있고요. 작은 송사리도 있고, 죽서루에 가면 그곳 절벽 아래 오십천이 흐르고 그곳에는 산천어가 있고, 송어 그리고 은어도 회가 일품이었습니다.

봄에 연어가 산란기에 밀려들어 그때에는 한 사람이 세 광주리 이상 못 잡았습니다. 그때에는.

신선이 놀고 갔다는 무릉계곡 광장이었지요. 쌍폭포도 멋있고 또 바위가 장관이었습니다.

하나님께 영광을. 아멘!

무더운 여름날 오후였습니다. 일요일에 가만히 책을 보는데 "따르릉! 따르릉!" 누가 전화를 했습니다. 하숙집에는 전화가 안방에 하나, 또 밖에 하나를 두었습니다. 당시 할아버지는 대청마루에, 할머니는 안방에서 낮잠을 주무시고 계셨는데 갑자기 벨이 울리자 두 분이 동시에 수화기를 들었습니다.

그리고는 서로 누구시냐고 물었습니다.

"저는 이 댁 주인입니다."

"그러세요?"

전화를 건 사람의 대화가 아니라 부부의 대화입니다.

안부 인사, 날씨, 세상 돌아가고 있는 이야기 등등….

급기야 정중하게 인사하고 전화를 끊었는데 5분 있다가 그 아래 있는 할아버지 아는 사람이 찾아왔는데 무척 심하게 웃으면서 누가 전화 받았어. 누구여?

그러면서 이야기를 했어요. 내가 전화했는데 나 빼고 두 사람이 대화하면 난 모해 이 사람아…. 이렇게 저렇게 해서 참! 나 원…. 할아버지와 할머니도 나, 그리고 집에 있던 사람들이 배꼽을 잡고 웃었습니다. 그러면서 지인이 다시 한번 말을 했습니다.

오늘은 일요일이니까 내가 돼지고기를 사서 불고기 파티를 해야지. 웃어서 힘이 없으니까 하하하. 그것을 보고 그 힘이야말로 대단한 것입니다. 웃음이라는 걸 노인과 어린이, 젊은이 모두 편안하고 즐겁다는 말로 "모안치희(耄安稚嬉)"라는 말이 있습니다.

웃음소리가 가득한 집안에 무슨 어려움이 있으랴. 기도, QT를 하면 하나님이 더욱더 행복을 내립니다.

우리는 점점 나이가 들어가지만, 가족은 늘 같은 모습으로 서로 기억합니다. 하나님은 그때를 기억합니다. 어린아이 그때를. 가족은 시간이 미치지 않는 곳에 삽니다. 그곳에 그분도 하나님도 있어요. 아멘.

7. 나에게 그리고 우리에게 보내는 엽서

　우리는 지금 이국의 해변 마을에 와 있습니다. 해변의 작은 식당에서 점심을 먹고 산책하던 중 우체국을 발견했지요. 우체국은 해변이 내려다보이고 호수도 있는 언덕배기에 자리합니다. 날씬한 푸른 소나무도 있습니다. 칡덩굴이 나무를 휘감아 버리고 호수를 바라보고 있는 갈대도 있습니다. 그런 우체국에서 해변의 풍광이 담긴 사진엽서를 손에 들고 나는 기도합니다.

　당신은 양산을 받쳐 들고 서 있습니다. 꽃무늬 그늘에 잠긴 당신의 얼굴이 얼마나 인자하신지요.

　아주 오래전부터 약속했던 이 여행은 당신을 위한 자그마한 선물이기도 합니다. 그동안 당신이 우리에게 해 낸 것에 비하면 너무도 소박한 선물이었습니다. 빡빡한 일정이 있는데도 당신은 미소 뒤에 꼭 즐거워했습니다. 여행 내내 우리의 얼굴을 오래도록 내려다보면 좋아했지요. 그분이…. 한데 부쩍 늙어 버린 얼굴에서 얼굴을 보여 가슴이 덜컥 내려앉았습니다. 축 처진 눈과 볼, 목덜미에서 보이는 세월의 굴곡을 애써 외면하기도 했습니다.

　우리는 그 얼굴에서 교복을 입고 먼 산을 바라보는 앳된 모습도 보고, 막 새색시, 신랑의 수줍은 미소도 보았습니다.

　여행하는 동안 당신을 따르는 아주 오래된 벗 같았습니다. 이것도 예비하신 길이겠지요. 우리는 또다시 한번 감사를 드립니다. 때로는 자매처럼, 때론 형제처럼, 때론 친구처럼, 때론 연인처럼 느껴졌습니다. 그래서 조금 마음이 놓였습니다. 고마웠습니다.

　내겐 엄마이자 자매이고, 아버지이자 형제 같고, 연인이자 친구 같은 기회를 준 잭슨빌 시온교회 야유회 예배를 준 하나님께 감사드립니다.

　이제 여행도 막바지에 이르렀습니다. 다시 어머니이자 아내, 아버지이자 남편, 학생 등등 자리로 돌아가야 하겠지요.

　나는 엽서에 당신의 주소 우리와 내 집 주소를 적었습니다. 이 한 장의 종이가 해변을 지나 호수를 거쳐 편지함에 도착할 때까지의 시간과 거리를 가늠해 봅니다.

　여행을 마치고 집에 돌아간 다음에도 한참 후에야 도착할 테지요. 저와 우리 또 당신이 보낸 하루의 감동이 희미해질 무렵, 이 엽서를 받을 것입니다. 이 쓴 엽서를 받게 될 때 우리는 다신 미소를 떠올리겠지요. 그러면 우리 얼굴에도 저절로 행복한 미소가 드리워지겠지요. 이것은 내가 여러분에게 주는 것이 아닙니다.

　내가 보내는 선물도 아닙니다. 하나님이 우리에게 주신 소중한 선물입니다.

"우리의 짧고 덧없는 삶을 살만한 것으로 만드는 것은 고립된 자신을 벗어나 손을 뻗쳐 서로에게서 그리고 서로를 위해서 힘과 위안과 온기를 발견하는 능력입니다. 그것도 하나님의 선물입니다."

8. 첫 선물

제가 아주 어렸을 때

"우리는 무엇을 갖고 싶어 하는지 어른들은 몰라요. 장난감만 사주면 그만인가요, 예쁜 옷만 입어주면 그만인가요? 하면서 툴툴거렸지요. 지금에도 똑같을 것 같아요. 우리 아이들을 보니까요."

중학교 시절 어느 어린이날이었을 때였던가? 나는 더 이상 어린이가 아닌 나는 혼자 만화방에 가서 독서를 즐기고 있었어요. 그때는 허영무가 대세였어요. 그분의 입문 만화를 아직 기억하고 있으니 참! 가족 놀러 가는 것을 이야기하면서 실수로 그 둘이 내용은 주인공이 세퍼드 하고 한 살 안 된 애기가 둘이 함께 집에 가는 것을 감동적인 드라마 정도…. 애기는 해피엔딩이고 세퍼드는 죽음이 뒤따라와요. 슬프게도 집에 거의 다 와서 집으로 세퍼드는 아이들을 데리고 기쁨에 차 달려가고 경찰은 세퍼드가 죽이려고 하는 오판으로 권총 방아쇠를 당기고 "부모는 안 돼요. 안 돼요. 내 개가 내 아이들 살렸는데…"오열하는 마지막 장면이 머리에 아직 있어요.

아무튼 형 엄마가 빨리 오라 해서 집에 오니…. 어머

님이 집에 오셔서 작은 쇼핑백을 하나 내려놓고 누나, 동생 다 오라고 해서 그것을 보았는데, 아뿔싸! 전기구이 통닭이었어요. 그것도 영동에 있는 전기구이 통닭이었어요.

우리는 1년에 한 서 네 번 정도밖에 못 보던 그것이 우리 앞에 있으니 그저 멍하고 있었어요. 어머님은 다리를 하나씩 쥐어서 줄 때, 그제야 엄마가 우리를 위해 준비한 어린이날 선물이란 걸 알았어요.

명동에서 집까지 2시간 버스를 오는 바람에 식어버렸지만, 여태껏 그보다 더 맛 나는 통닭을 못 먹었어요. 거기다 요구르트까지 함께…. 꼭 밀물처럼 밀려오는 엄마의 사랑을 먹었어요.

아직도 그 전기구이 통닭은 있는데 그 맛이 아니니…. 사랑이 없으면 다 똑같은 그 맛이란 걸 우리 아이들이 알아야 하는데….

예쁜 옷, 장난감이 대신할 수 없는 엄마의 깊은 사랑을 알아버린 그 날, 우리가 원하던 따뜻한 사랑이 우리 몸에 항상 휘감고 있었고, 지금도 있지요.

우리는 어제 그 마음으로 생각, 편지, 전화, 저녁을 했나. 우리 시온 침례교회 성도님은 했지요. 아멘!

내가 꼬부랑 할아버지가 되어도 나의 어린이날 선물을 잊지 못하겠지. 지금 중년이 되니 우리 아이들이 이런 것을 알까? 그 의문이 있네…. 할머니, 할아버지가 되면 무슨 기억이 남을까?

  참! 하나님께 첫 선물은 무엇이었지? 달라고만 했지,
드리지 않았나? 첫 선물 기도하는 것이 아닐까요? 매일
해야지 매일 아멘! 여전히 아름다운 세상을 살고 있어
요. 우리는요. 하나님이 주신 첫 선물이지요.

9. 사랑의 맛을 아시나요?

해마다 바람결에 라일락 향기가 스칠 때면 생각나는 선생님이 있었어요. 고등학교 2학년 첫 학기 우리에게 사랑의 맛을 알려주신 국어 선생님이 있었다. 지금은 어디에 계실지 모르지만, 그분의 수업은 조금 독특했어요. 국어 시간, 수업 벨이 울리면 그때부터 선생님이 교실에 들어와 교탁에 출석부를 놓고 "자, 아, 눈을 떠요."라고 말씀하실 때까지 모두 눈을 감고 있어야 했다.

그리고는 잠시 뒤 꼭 국어책 첫 장에 나오는 시를 낭송하게 했는데 그 낭송이 선생님 마음에 들어야 수업을 시작하셨다. 성경을 읽을 때 처음에 주기도문 시작하고 끝날 때 사도신경으로 하면 좋습니다.

또 한 명을 호명하여 그날 학습할 범위를 읽게 했는데 '천천히'를 후렴처럼 꼭 말씀하셨어요. 한 줄 읽고 넘어가나 싶으면 낮고 굵은 목소리로 "천천히". 또 두어줄 읽는 나 싶으면 "천천히". 나는 이 독특한 수업이 아니, 독특한 선생이 싫었습니다.

왜! 이번 수업 시간 전 눈을 감고 왜! 매시간 같은 시를 모든 학생이 호흡을 맞춰서 낭송하는지? 왜 책을 한없이 느리게 읽어야만 하는지? 이해할 수가 없었지요.

선생님을 만난 지 얼마 안 되어 몇몇이 반항을 시작했

습니다. 수업 시작 전 모두 눈을 감고 선생님을 기다릴 때, 동그랗게 눈을 뜨고 친구들 얼굴을 서로 바라보았습니다. 친구들이 목소리 높여 낭송할 때도 동참하지 않고 눈으로 앞서 읽어버렸습니다.

선생님과 몇 번 눈이 마주쳤는데 선생님은 모른 척 내버려 두셨습니다.

몇 달 뒤, 여느 날처럼 수업은 시작됐고, 나 또한 여전히 반항을 감행했는데, 선생님이 내게 심부름을 시키셨습니다.

"저기 교문 옆 라일락 잎사귀 하나 따 오너라."

"왜요?"

"따 오면 안다."

눈이 휘둥그레진 친구를 뒤로 하고, 저는 초록물이 깊게 든 라일락 잎사귀 몇 장을 따 오면서도 고개를 갸우뚱거렸습니다.

선생님은 잎사귀 한 장을 들고 내게 이르셨습니다.

"자, 이파리 반으로 접어보렴, 또 반으로, 또 반으로···. 이제 이파리를, 지그시 깨물어 봐, 맛이 어때?"

순간 나는 입을 다물 수 없었습니다. 혀가 아릴 정도로 쓴맛이었습니다.

"그것이 사랑의 맛이란다. 그 쓴맛을 녹여 라일락은 그토록 향기로운 꽃을 피우지."

선생님은 수업 시간에 까닭 모르게 반항하는 나를, 반

친구들 앞에서 나무라실 수도 있었을 것입니다. 그러나 선생님은 '사랑의 맛' 하나로 나 또 친구들을 제압해 버리셨습니다.

그날 예기치 않게 받은 선물 '사랑의 맛'은 30년이 훨씬 넘도록 두고두고 나를 다스려 왔습니다. 그러나 가끔 잃어버려요. 이제는 알려줘야지. 또 많은 이에게 선물도 줘야지. 사랑의 맛을.

나의 국어 선생님은 오른손을 못 써요. 오른발도….

"어떤 밧줄이나 철사도 하나님의 사랑처럼 힘차게 당기고 단단히 붙잡아 매지 못합니다."

10. During hard times

When thing in your life seems almost too much to handle, when 24 hours in a day are not enough, remember the mayonnaise jar··· and it's story ···.

A professor stood before his philosophy class and had some items in front of him

When the class begin, wordlessly, he picked up a very large and empty mayonnaise jar and proceeded to fill it which golf balls.

He then asked the student if the jar was full.
They agreed that it was.

The professor then picked up a box of pebbles and poured them into the jar.
He shook the jar lightly.

The pebbles rolled into the open areas between the golf balls.

He then asked the students again if the jar was
full.
They agreed it was.

The professor next picked up a box of sand and
poured it into the jar.

Of course, the sand filled up everything else.

He asked once more if the jar was full.
The students responded with an emphatic "yes"

The professor then produced two cups of coffee
from under the table and the entire into the jar,
effectively filling the empty space between the sand.

The students laughed.

"Now." said the professor, as laughter subsided.

"I want you to recognize that this jar represents
your life.
The golf balls are the important things.

Your family, your children, your faith, your health, your friends, and your favorite passions.

Thing that if everything else was lost and only they remained, your life would still be full.

The pebbles are the other things that matter.
Your jar, your house, and your car.
The sand is everything else.
The small stuff."

"If you put the sand into the jar first" he continued, there is no room for the pebbles or the golf balls.

If you spend all your time and energy on the small stuff, you will never have room for the thing that are important to you.

Pay attention to the thing that are critical to your happiness.
Play with your children.
Go fishing, Take time to get medical checkups.

Take your partner out to dinner.

Play another 18.

There will always be time to clean the house and fix the disposal.

Take care of the golf balls first, the things that matter.

Set your priorities.

The rest is just sand."

One of the students raised her hand and inquired what the coffee represented.

The professor smiled.

"I'm glad you asked. it just goes to show you that no matter how full your life may seem, there's always room for a couple of cops of coffee with a friend."

"God loves you. For God so loved the world that He gave his only begotten Son, that whoever believes in Him should not perish but have everlasting life.(John 3:16)"

진솔한 삶에서 재치와 겸손으로 빚은 사랑

– 원유권의 수필집 『나락에서 건진 희망의 메시지』를 읽고

최 봉 희(수필가, 평론가, 글벗 편집주간)

사람은 누구나 자신의 경험을 특별하게 생각한다. 행복한 경험이든 고통스러운 경험이든 그것은 단 하나뿐인 자기만의 이야기이기 때문이다.

여기 자신의 경험과 지식을 온전히 쏟아낸 멋진 수필이 있다. 바로 원유권 수필가의 첫 번째 수필집 『나락에서 건진 희망의 메시지』이다.

"진실한 유머는 마음을 울린다."

미국의 작가인 찰스 브룩스(1878-1930)가 한 말이다. 사람들은 인간다운 사회생활을 영위하는데 단순한 웃음이 아닌 공감과 진실한 생각에 의한 사랑의 표현이 상대방의 마음을 울릴 수 있다.

글에서 위트(Wit, 재치)와 유머(Humor)를 백과사전에 찾아보자. 먼저 위트(Wit)란 의미는 '타인에게 말이나 글로서 즐겁고, 재치 있고, 능란하게 웃음을 구사하는 능력'을 말한다. 유머(Humor)는 '남을 웃기는 말이나 행동으로 우스개, 익살, 해학'으로 설명하고 있으며 이 말의 최초 사용 기원을

살펴보면 기원전 5세기경에 그리스의 철학자 히포크라테스 시대부터 사용되었다.

유머와 위트는 다 함께 수필 문학에서 필수적으로 갖추어야 할 구성요소다. 유머는 우리말의 익살, 해학에 해당하는 말이요. 위트는 즐거운 놀라움을 주고 있다. 유머와 위트가 빠진 수필은 지루한 넋두리에 지나지 않는다. 여기에다 꼭 필요한 요소는 '비판 정신'이다. 비판 정신이 없는 수필은 자기 주변의 사건을 늘어놓는 잡문이나 신변잡기에 불과하다. 따라서 유머와 위트, 비판 정신은 인간에게만 주어진 귀중한 능력으로 이들의 상호작용의 중요성은 인간다운 사회생활을 영위하는데 단순한 웃음의 제공이 아닌 공감과 감동에 의거한 사랑의 표현이다.

글벗문학회 회원 중에 기독교적인 돈독한 신앙생활 속에서 자신의 삶을 성찰하는 공감과 진실한 생각이 넘치는 수필가가 있다. 바로 원유권 수필가다. 이번에 모두 49편의 수필 작품을 담은 첫 수필집 『나락에서 건진 희망의 메시지』를 출간한다.

그의 수필 작품 세계를 살펴보자.

올해 겨울은 아주 온유한 겨울이었습니다.

또한 저희 집안에 들이닥친 사람들 때문에 아니었을까요? 한국에서 온 다해가 와서 따뜻한 온기를 불어넣고 가고…. 집안을 인테리어를 하라고 부모님이 샌프란시스코 가면서 가구와 그림을 떨어뜨리고 가시고…. 그 짐을 병수와 잔잔히 옮겨주시기를 하나님이 말씀하시고….

당시 믿음이 다섯 살이었던 나는 아버지 품에 안겨 조용히 울고, 웃음을 만들었지요. 저는 하나님에 대한 믿음이 겨우 다섯 살입니다.

그 아버지의 품은 미국보다 컸습니다. "아버지 품을 나가야 하는데"하는 말이 아닌 믿음에서 커갈 수 있도록 기도하고 묵상하고 선을 행하겠습니다. 아멘.

내일은 마침 서연이 생일 앞두고 있었지요. 나는 핸드폰에서 찬송가가 가만히 들려옵니다. 찬송가 "이 산지를 내게 주소서."를 들으면서 나는 내일 이렇게 이야기해주려고 생각합니다.

케이크를 앞에 놓고 불을 끄고

"자, 우리 모두 기도하자. 내년에는 좀 더 크고 맛있는 아이스크림 케이크를 먹게 해주세요. 그리고 서연이에게 마음도, 핸드백 선물도 해달라고 기도하겠습니다."

얼마 전 내게도 그런 위기가 찾아왔습니다. 밥은 누구나 항상 먹는 밥이었습니다. 그럴 때마다 하나님께 기도하며 견딜 수 있도록 하루에 밥 세 끼를 3불에 해달라고 했던 그때를 생각하면 ….

일요일 집에 갈 때 밥하고 반찬을 성도님이 줄 때 '괜찮아요.' 하면서 받아안고 갈 때 그래서 이 궁핍을 견딜 수 있었지요.

– 수필 「어떤 생일」 중에서

원유권 수필가는 자신의 믿음의 나이를 재치있게 '다섯 살'이라고 말한다. 아버지의 품에서 울고 웃는 삶을 살면서 믿음의 성장을 꿈꾸는 것이다. 또한 찬송가 「이 산지를 내게 주소서」를 들으면서 그의 꿈과 소망 글로 적는다. 이 찬양은 여호수아 14장 12절에 나오는 말씀을 노래한 찬양이다.

"그날에 여호와께서 말씀하신 이 산지를 지금 내게 주소서. 당신도 그날에 들으셨거니와 그곳에는 아낙 사람이 있고, 그 성읍들은 크고 견고할지라도 여호와께서 혹시 나와 함께 하시면 내가 여호와께서 말씀하신 대로 그들을 쫓아내리이다 하니."

갈렙의 나이 40세 때에 가데스 바네아에서 각 지파에서 한 명씩 정하여 가나안 땅을 정탐하고 와서 보고하라는 것이었습니다. 그날 40세의 나이 갈렙은 가나안 땅을 정탐하고 와서 가장 먼저 성실하게 모세에게 아래와 같이 보고한다.

"갈렙이 모세 앞에서 백성을 안도시켜 가로되, 우리가 곧 올라가서 그 땅을 취하자 능히 이기리라 하나(민수기13:30)"

원유권 시인은 갈렙처럼 오늘도 기도한다. "몸의 아픔과 살림의 궁핍을 견딜 수 있도록 인도하신 하나님께서 만족할 줄 아는 낙천적인 성품으로 힘겨울 길을 묵묵히 걸어갈 수 있도록 인도해 주시옵소서."

또 다른 그의 수필 작품을 살펴보자.

그 선원, 아니 아빠는 사진이 자신의 빈자리를 대신했구나 싶어 마음이 아팠다고 하면서 이야기를 더욱 그림에 끼웁니다. 그 선원은 아이들의 아빠를 사진이 대신하지 못한다고 느끼고 아빠 역할을 해야겠다는 생각에 2년 분량의 선물과 편지를 마련해 정원에 숨겨 두었습니다. 아무도 모르게 아내도 모르게…. 그가 배를 타고 바다 위에서 일하다가 잠시 배가 어느 나라 항구에 정박하면 배에서 내려서 전화를 하러 갔습니다.

아내와 아이의 생일, 결혼기념일이 되면 그의 아내에게 선물이 있는 장소를 알려주었습니다. 편지도 함께 …. 그럴 때마다 가족은 아빠의 깜짝 선물을 무척이나 기뻐했고 아빠의 무사 귀환을 기도했지요. 하나님께.
– 수필 「29년 전 어느 날의 편지」 전문

유머와 위트는 사람들의 흥미를 자극하고 긍정적인 태도를 유발하는 창의력을 기반으로 한다. 때로는 진지함보다는 지각 있는 익살과 은유가 더욱 효과적인 설득의 방법으로 활용한다. 유머와 위트가 힘을 지니기 위해서는 인간성과 진실에 기초가 되어야만 상대방의 마음을 울릴 수 있다.

이 수필에서 보는 바와 같이 아빠가 남태평양에 있다 해도 마음만은 늘 떡갈나무처럼 곁에 있다고 생각하고 눈물을 감출 것이다.

그러던 어느 날, 내 친구가 내게 부탁 하나를 던져주었다. 연애편지를 써달라는 최초의 원고청탁이었다. 교내 백일장에서 입선도 하고, 나라에서 하는 과거에도 입선하고, 아무튼 선인세로 자장면에 군만두 하나를 대접받는 터라 나는 본격적으로 긴 긴 밤 동안 친구 대신 첫사랑으로 몸부림쳤습니다.

"내가 외로워할 때는 내가 편지할 때입니다. 그대의 숨소리를 가까운 곳에서 듣고 싶습니다. 사랑은 마주 닿는 가슴입니다."

하는 은은한 구절이 그렇게 나오고, 사라지고 그 편지를 받은 여학생이 감동에 젖었다는 소문이 퍼진 건 내 학교, 과외 친구, 동네 친구까지….

그때부터 나는 연애편지 대필자가 되고 동시에 철부지 사랑도 알게 되었습니다. 어떤 경우에는 넘어오지 않는 여학생을 대상으로 고군분투하고 어떤 경우는 이해하지 못해, 풀이해 달라고 하고 …. 친구들이 카세트테이프를 내 서랍에 넣어주고 좋은 볼펜도 내 가방에도 넣어주고 …. 나는 밤이 깊도록 녀석들의 첫사랑 얘기를 들었다. 나는 첫사랑은 뒤로 하고….

어느 때는 불 켜진 창문 아래에서 긴 시간을 견디면서 또 울다, 웃다 보면 편지 한 통이 탄생하고…. 고백하자면 시집을 뒤적이며 얻은 표절도 있고, 다른 대사를 두고 행해진 재수록도 있고, 물론 나의 형식이 실험을 거쳐 나의 독특한 사랑의 글, 그중에서도 붓 세필로 도화지 전지를 조그만 글씨로 빼곡히 채운 편지 …. 그때 새로 나온 유성 펜으로 쓴 편지도 있었습니다.

아차! 덜 여문 것들의 풋풋한 첫사랑 이야기가 내 마음속에 온전히 들어와 있다는 것을 깨달은 것은 시온교회 나눔터에 들어가고 나서였습니다. 하나도 아니고 수십 명을 아프게도 하고 웃음 짓게도 하는 아름다운 이야기였습니다.

나만 그럴까요? 첫사랑의 아픔은 그렇게 지나갔고 친구들은 내게 시의 언어를 주었습니다.

– 수필 「풋풋한 사랑의 연애편지」 중에서

원유권 작가가 시인이 되고 수필가가 될 수 있었던 과정을
진솔하게 쓴 수필 작품이다. 긴 긴 밤을 친구를 대신하여 첫
사랑으로 몸부림치며 연애편지를 쓴 경험이 그를 시인으로
만들었고 수필가로 만들었다는 이야기다.

그런 의미에서 수필은 산문이라는 형식을 빌려 자신의 경
험을 깊은 통찰력으로 그려내는 자유로운 마음의 산책이다.
그의 글에는 위트와 유머가 담겨 있다.

위트는 사랑하면서 부정하고 부정하면서 사랑하는 애매한
모순적인 성격을 지닌다. 이에 반해 유머는 부정하는 가운데
서도 사랑을 표시한다. 유머 감각은 좀 더 편하고 경쾌하게
느껴지면서 참다운 재능까지 갖추고 있다. 이런 사람들은 말
도 유쾌하다. 더불어 위트가 있는 사람은 언제 터질지 모르는
폭탄과 같은 존재다. 날카롭게 탐색하는 듯한 눈을 가졌다.
그날의 말과 판단을 고스란히 드러내면서 비단옷을 입고 있
다.

그의 또 다른 수필 작품을 만나보자.

시간이 지나면서 지리산보다 큰 동산이 하나 있어요. 그 어
느 날, 저기 한번 올라가 볼까? 저기…. 그리고 올라갔지요.
오르막길을 걷다 문제가 생기고 말았어요. 스텝이 잘 맞지
않아서 중심을 잃고 하다가 그냥 지팡이를 놓쳤어요. 아뿔싸!
한 일곱 보 정도 올라갔는데 지팡이 없이는 걸을 수 없는 상
태가 되었어요. 나는 주저앉아 멍하니 걸어온 길을 보면서
이것은 내가 처해있는 나야. 바로 나. 내가 출발한 곳에서 언
덕까지 정상 사람은 한 여섯 보 정도 되는 곳에 있었습니다.

머릿속에 수많은 생각이 지나갔어요. 다치면 여기서 포기해야 하나. 걸을걸! 이 생각 저 생각에 빠져 한참 넋을 놓아야 했어요. 그때 굴러? 구르면 몸은, 다리는, 팔은 다치면 어떡하지. 올라갔어도 내려가지 못했을 거예요. 올라가는 것만 했지. 내려가는 것은 생각을 안 했어요. 하나님이 지켜주시겠지. 보호해 주실 거야. 하고 생각이 없이 동시에 굴렀어요. 눈을 감고, 회전이 지나고 눈을 뜨고 살았네. 팔, 다리, 몸 보고 갑자기 눈물이 흘러나오고 한참 울었어요. 한참 울고 나서 보니 오르막길을 위에 나의 분신 지팡이가 보여 누워서 올라가서 또 누워서 내려왔지요. 이 병은 오랜 여정인데 왜! 왜! 하면서.

"Slow, Slow, Slow 천천히 천천히 천천히"

−수필 「천천히 천천히 천천히」 중에서

작가는 산행의 경험을 통해서 누워서 올라간 정상을 누워서 굴러서 올라가고, 누워서 다시 내려온 경험을 통찰하면서 진솔하게 써 내려가고 있다. 누워서 굴러 산 정상에 올라갔다는 이야기에 아픈 웃음도 나지만 참다운 유머가 담겨 있다. 인간적이고 자연스럽게 웃음이 따르면서 깨달음이 수반한다. 산을 등정할 때도 그렇지만 삶을 살아갈 때도 안전하게 '천천히'가 그것이다.

그의 또 다른 수필 「천천히」를 살펴보자. 그의 깨달음도 유머와 위트가 동반된다.

그런데 내 친구는 익숙한지 별로 불편한 기색이 아니었어요. 또 저는 하는 일 모두, 엉켜버려 말이 잘 안 나오니까 빨리빨리 해야 하지요. 그런데 나는 몇 마디 오가고 나서야 조금 익숙해졌어요. 아~, 그제야 내가 한 말을 친구가 어떻게 생각할지, 어떻게 대답하고, 다음에 어떤 질문을 할지 생각할 수 있었어요. 그러면 잠시 후 친구가 대답과 질문을 조곤조곤 늘어놓았어요. 그러니 대화 사이사이엔 아주 잠깐의 침묵이 고여 들었어요. 느린 대화였습니다.

늘 자동차나 버스로 다니던 길을 처음으로 천천히 걸어가는 기분이었습니다. 누구든 이렇게만 대화한다면 오해와 미움, 불신도 한풀 잦아들 것 같아요. 다시 얘기를 이어 나가려다가 말을 멈추고, 곧 상대방을 눈만 마주 보고 시간이 충분히 지났다고 생각할 즈음에 입을 열어요. 그때부터 우리도 모르게 사이사이에 침묵을 넣어 이야기할 수 있었습니다. 그러면 상대방도 더는 보채지 않고 그때부터 농도 짙은 대화가 시작됩니다.

가장 풍부한 의미를 담고 있는 말은 침묵입니다. 그래서 우리도 하나님의 말씀은 묵상하지요.

아주 잔잔하게 그리고 천천히.

- 수필 「천천히」 중에서

원유권 작가는 시간의 힘을 알고 있는 듯하다. 그는 느린 대화와 침묵을 통해서 여러 문제를 해결한다. 신앙적으로도 묵상을 통해서 깊은 생각을 이끈다.

우리에게 아주 큰 약점이 하나 있다. 시간에 대한 폭넓은 이해가 부족하다. 시간이 우리에게 어떤 영향을 끼치는지에 잘 모르기에 시간보다 감정을 소중히 따진다. 나쁜 감정을 정리하고 빨리 좋은 감정을 얻고자 한다. 그 때문일까? 우리는 인내심이 부족하다.

그런데 원유권 작가는 시간의 힘을 알고 있다. 어렵고 힘든 일을 겪게 되면 먼저 시간의 힘을 떠올린다. 빨리 해결하려고 하면 무리하게 되고 잘못 행동하거나 판단할 수 있다. 하지만 시간이 필요함을 인정하고 노력하면 모든 일이 부드럽다. 마침내 자연스럽게 해결하게 된다.

그에게 시인으로서 수필가로서 큰 힘을 준 글은 언더우드 기도문으로 알려진 다음의 글이다.

놀랍게도 누군가가 간절히 기다리는 기적이 내게는
날마다 일어나고 있습니다.
부자 되지 못해도 빼어난 외모는 아니어도 지혜롭지 못해도
내 삶에 날마다 감사하겠습니다.
날마다 누군가의 소원을 이루고 날마다 기적이 일어나는
나의 하루를 나의 삶을 사랑하겠습니다.
사랑합니다. 내 삶, 내 인생,
나를 어떻게 해야 행복해지는지 고민하지 않겠습니다.
내가 얼마나 행복한 사람인지 날마다 깨닫겠습니다

나의 하루는 기적입니다
난 행복한 사람입니다

하지만 작가가 인용한 이 글은 인터넷에서 '언더우드 기도

문'으로 떠돌고 있는 가짜 기도문이다.

옥성득(UCLA 한국기독교학 교수)의 말에 따르면 "언더우드의 기도"에 대해서 그것은 정연희 씨의 소설 『양화진』(1984, 개정판 1992) 235쪽에 나오는 허구의 상상력을 더한 작문으로 밝혀졌다. 작가가 상상으로 쓴 허구이다.

아무튼 어떤 글이든 누구의 글이든, 작가에게 큰 영향을 주었다는 점에서는 말의 힘, 글의 힘이 대단하다. 이 글로 인해서 원유권 작가의 삶이 달라졌기 때문이다. 나락에서 건진 희망의 메시지가 된 것이다. 더불어 원유권 작가의 삶에서 깨달은 통찰과 자기 고백이 독자들의 심금을 울릴 수 있다면 좋겠다. 작가는 사람을 살리는 글쓰기를 해야 하는 사명을 지니고 있다.

설날 정초부터 초상난 듯 운다고 꾸중을 하고 있지만 내 친구 여동생은 한복을 해주니까 웃었다. 활짝!
내 친구 엄마가 치수를 주면 아현시장에 가서 돈은 엄마가 주니까 한복 하나 가지고 와! 심부름 돈을 주며 빨리 갔다 와 빨리!
아현시장에 가서 노란색 비단 저고리하고 자줏빛 치마를 사서 가지고 오면서 거기 있는 문방구에 들러 어묵, 떡볶이하고 튀김, 오징어튀김을 먹습니다.
내 친구가 "심부름 값이 조금 남았네. 빨리 주고 만화방 가자….'고 합니다.
파랑새가 내 어깨 위 머물던 행복한 설날이었습니다.

네가 필요할 때 받았던 것 같이 주라.

주님이 너를 사랑하신 것 같이 사랑하라.
어찌할 줄 모르는 자에게 돕는 자가 되라.
너의 사명에 충실한 자가 되라. 아멘.
- 수필 「어린 시절의 설날」 중에서

결론적으로 원유권 작가는 이웃에게 글로써 나누면서 주님이 자신을 사랑한 것 같이 사랑할 줄 아는 사람이다. 어찌할 줄 모르는 자에게 돕는 자가 되겠다는 사명을 갖고 있다. 자신의 아픔을 나누고 행복을 이웃과 나누고 싶은 것이다. 바로 작가의 사명과 일치한다.

그 때문일까? 그의 수필의 어조는 겸손하고 예의 바르다. 서술어 사용을 대부분 "~습니다. ~합니다." 등을 사용하고 있다. 지극히 독자를 배려한 글쓰기다. 그래서 문체가 부드럽고 따뜻하다. 사랑과 아픔을 담은 행복한 글이 되고 있다.

"내가 행복하기 위해서는 남도 행복해야 한다."

유대인의 격언에 이런 말이 있다.

"남을 행복하게 하는 것은 향수를 뿌리는 것과 같다. 뿌릴 때 자신에게도 몇 방울은 튄다."

남과 상관없는 나만의 행복이란 존재하지 않는다. 행복은 소유가 아니라 관계에서 찾아온다. 남을 행복하게 하면 나도 행복하다. 내가 행복하면 남도 행복하게 된다. 다시 말해서 원유권 수필가는 다른 사람을 행복하게 하는 작가로 거듭나기를 바란다. 자식이 행복하면 부모가 행복하다. 이웃이 행복하면 우리 집도 행복하다. 독자가 행복하면 작가도 행복한 법이다. 다른 이의 행복의 향기가 본인에게 돌아와서 원유권 작가도 그 향기에 젖을 수 있기 때문이다.

아무쪼록 글벗문학회 회원으로서, 시를 쓰는 시인이자 수필가로서 진실한 삶을 담은 유머와 위트로 사랑과 행복을 담는 훌륭한 작가로 성장하기를 기원한다.

그의 건승과 건필을 기도한다.

■ 글벗수필선 53 원유권 첫 번째 수필집

나락에서 건진 희망의 메시지

초판인쇄 2024년 2월 8일
초판발행 2024년 2월 8일
지 은 이 원 유 권
펴 낸 이 한 주 희
펴 낸 곳 도서출판 글벗
출판등록 2007. 10. 29(제406-2007-100호)
주　　소 경기도 파주시 와석순환로16, 905동 1104호
　　　　　(야당동, 롯데캐슬파크타운 한빛마을)
홈페이지 http://cafe.daum.net/geulbutsarang
e- mail juhee6305@hanmail.net
전화번호 031-957-1461
팩　　스 031-957-7319
정　　가 15,000원
ISBN 978-89-6533-277-0 04810